アベル（父）
トーリとレティの父。
筋肉ムキムキの
コック
トーリ
宿屋健太が転生した。
『鳥の宿り木亭』の
長男
ナタリア
宿り木亭に
住み着いたぐうたら
娼婦

ウルガス
絶対に喋らない鎧人間。
噂によるといい人
らしい。
「鳥の宿り木亭」名物ハンモック
トーリが昼寝のために作ったハンモック。
宿泊客にも好評。ウルガスが使ってみたいらしいが声を
かけられないため、もっぱらナタリアが占領している。

転生したら宿屋の息子でした

Welcome to my inn.

田舎街でのんびりスローライフをおくろう

錬金王

ill. 阿倍野ちゃこ

Contents

転生したら、宿屋の息子でした

Tensei shitara
yadoya no
musuko deshita

目が覚めると身体が酷《ひど》く重たい。目が痛く、頭もボーッとしている。

原因はわかっている。働きすぎによる過労だ。

今日は深夜の三時までパソコンと向かい合っていたのだが、途中で気絶するように眠っていたらしい。

時刻は深夜の四時。いや、朝の四時と言った方が正しいか。

まともに寝たのはいつだろうか？　昨日は徹夜して、その前は二時間寝て、さらにその前は……あれ？　記憶がないや。ははは、ちっとも面白くない状況なのに笑えてきたぞ。

僕、本当に大丈夫なのかな？

だけど、僕と同じような状況の人はたくさんいる。

太陽すら上りきっていない暗い社内を見渡すと、そこかしこで同僚が死んだように眠っていた。

死屍累々《ししるいるい》という言葉はこういう状況のことを言うんだろうな。

急遽入ってしまった大きな企画により、会社内はかつてないほどに繁忙期に入っていた。

会社に寝泊まりするのは当たり前。誰もが睡眠時間を削って働いている。

正直言って、僕は会社などどうでもいいので、体調不良を理由にして休みたいのだが、それをすると僕の分の仕事が同僚に回ってしまい更《さら》なる地獄を見るだろう。

悲しいことに僕以外の同僚は皆、家庭を持っている。皆、嫁さんに愚痴られながらも会社に出社して家族を養うために働いているのだ。

独り身である僕が辛いからといって抜けると、これだから責任感のない独り身は。などと後ろ指を指されることになるのだろう。

これからも長く働き続ける中、会社の人間関係で軋轢《あつれき》を生みたくない。

皆、辛いのは同じなのだ。忙しいのは今だけ。

後一日。今日を乗り越えたら土曜日だ。

今の忙しさからすれば土日を返上してでも働くのが当然なのだが、休日であれば体調不良を原因に休むのも認められなくもない空気がある。

だから、今日さえ乗り越えればいいのだ。

そうすれば、ぐっすりと柔らかい布団の中でいくらでも眠ることができる。

惰眠を貪ったら何をしようか。美味《おい》しいご飯を食べよう。コンビニやスーパーの弁当よりも美味しい物をだ！

ここ最近はずっと働き詰めでロクにお金も使っていなかったからな。ここは豪勢に外食といこうか。

それに買っていないライトノベルやゲーム、漫画、観たいアニメだってたくさんある。

僕はそんな休日のことをひたすら想像することで心の平穏を保った。

「……喉が渇いたな」

始業前の時間まで、まだ時間がある。もうひと眠りといきたいところだが、如何《いかん》せん喉が渇いていた。

椅子に座りながら腕だけを動かして、テーブルの上に置いてあったはずの飲み物を探す。

そして、手探りでペットボトルを掴むと、クシャリと音を立てた。

そのままペットボトルを振ってみるも、中に水は入っていないようだ。

どうやら飲み切ってしまったようだ。

くそっ、さっさと飲んで眠ってしまいたいというのに。

心の中で悪態をつくが、それでこの渇きがなくなるわけでもない。

僕は喉を潤すために、椅子から立ち上がる。

その瞬間、僕の脳裏で大切な何かがブツンと千切れるような音がした。

激しい立ち眩みが僕を襲い、視界がねじれていく。

あ、これダメなやつだわ。過去にも軽い貧血などで、立ち眩《くら》みを経験したことがあったが、それとこれとはレベルが違う。生命を維持するのに必要な何かが機能を失った。もはや、どうしようもない状態で深刻な方向へと向かっていく。

連想される言葉は『死』だ。

もはや立っていることすらできない。視界がぐらつき、僕の身体がドンドンと傾いていくのを感じる。

……ああ、僕は死ぬのか?

人間はいつか死ぬ。そうは思っていたが、それが今だとは思いもしなかった。

参ったな。実際に死を迎える直前となっても現実味がないや。

まさか、僕が過労死で人生を閉じることになるとは……。

僕が死んだとわかったら同僚の皆は驚くかな。こいつらのことだ。俺が床で眠っていると思ってしばらく放置していそうだな。

始業時間ギリギリまで誰も僕が死んでいると気付かない気がする。それはそれで面白い光景だが、僕はその時既にこの世にいないから確認することもできないだろう。

はぁ、まだまだやりたいことがあったというのに。

やっぱり人生ほどほどに働いて、好きなことをするのが一番なんだよなぁ。

働きすぎはよくないや。

もし、来世があるのだとしたら、ほどほどに働いてのんびりと過ごすことにしよう。そこでは無理をせずに楽しく暮らす。

薄れゆく意識の中、しっかりと決意をすると同時に顔面にガツンとした衝撃が走った。

こうして僕こと宿屋《やどや》健太《けんた》は、永遠の眠りにつくことになった。

◆

「起きて！　トーリお兄ちゃん！　起きて！」

少女特有の高い声が響き、身体が揺さぶられることで目が覚める。

「もう、お兄ちゃんやっと起きた！　相変わらず朝は弱いんだから！」

瞼を開けると、金髪の髪を後ろでくくり透き通るような青い瞳をした少女がいる。

まだあどけない顔立ちであるがとても可愛らしく、将来は美人さんになること間違いないだろう少女は僕の妹、レティだ。

朝もしっかりと起きて身嗜《みだしな》みにも隙がない。僕の二つ下の十歳とは思えないほどしっかりしているな。

「んー、もう朝？」

正直言ってまだ寝たりないのだが。ここから二度寝、三度寝と惰眠を貪り続けたい所存だ。

朝の楽しみといえば、この微睡《まどろみ》の中をたゆたうことだ。

「もう朝だよ！　ほら、仕事の時間だから早く起きて！」

しかし、無情にも妹であるレティには、その素晴らしさがわからないらしい。被せていた布団が乱暴に剥《は》がされてしまった。

こうも騒がしくてはおちおちと二度寝をすることも叶《かな》わないな。仕方ない、二度寝は中止にして今日の仕事の途中でぐっすりと昼寝をすることにするか。

今日のスケジュールを頭の中で決めた僕は、寝ぼけ眼《まなこ》を擦りながら布団から起き上がる。

僕がもたもたとしている間に、元気なレティはカーテンを開ける。

すると、遮《さえぎ》られていた日光が部屋の中に入ってきた。

眩《まぶ》しさに目を細めながら窓に近付くと、レティが窓を開けてくれる。

そこには中世の街並みが広がっていた。

レンガや木造で作られた住宅。道には石畳が丁寧に敷かれており、その上を走る自動車や自転車なんてものはなく、代わりに馬車が行き交っていた。

そう、ここは日本ではない。ここは地球の日本とは違った異なる世界。

ファンタジックな剣と魔法の異世界だ。

ほどほどに働いてのんびりと過ごす。死の間際に願ったことが叶えられたのか、僕こと宿屋健太は異世界にあるルベラという街の宿屋『鳥の宿り木亭』の息子として生を受けたのである。

何故に宿屋の息子なのか突っ込みたいところは山ほどあるが、僕は病気を患うことも過労になることもなく、十二年の歳月を生きることができている。

というかこの世界では、前世みたいにバカ程働くことがないから過労になんてならないと思う。過労で死んでしまった僕としては、長時間労働が比較的少ないのは高ポイントだ。

「早く着替えて降りてきてね。お兄ちゃんが来ないと私と母さんが忙しくなるんだから」

窓から景色を眺めているとレティがそんな言葉を残して階段を降りていった。

僕の部屋は屋根裏部屋にあるから、出入り口は梯子《はしご》で行き来することになっている。

荷物も置かれ、他の部屋よりもちょっと手狭ではあるが窓からの景色がとてもいいので気に入っている。

まあ、結局はそうだろうな。僕という労働力がいないと、その分しんどいのはレティと母さんなのだ。早く着替えて下に降りないと、朝から母さんに怒られてしまいそうだ。

宿屋の仕事は朝が早いからな。急いで支度をしないと。

朝の仕込み

Tensei shitara yadoya no musuko deshita

寝癖のついている頭を撫でながら、僕はタンスに入っている服を取り出す。

少し灰色っぽい色をした白の半袖シャツ、半ズボン。

前世の服に比べれば材質もかなりごわごわしているのだが、この質素で紐が入っているデザインがいかにもファンタジーの村人らしい服なので気に入っていたりする。

元々ファンタジーのアニメやライトノベルを嗜《たしな》んでいた自分からすれば、この世界のあらゆる物は珍しいから見ていても飽きないな。

パジャマから普段着に着替えた僕は、朝の仕事を手伝うために梯子を降りていく。

梯子を降りると、家族が住む大きな部屋といくつかの小さな部屋が四階にあるが、僕の仕事場は主に一階、二階、三階なのでスルーだ。四階の部屋を通って扉をくぐり、階段を下って一階へと向かう。

一階は主に厨房と食堂で埋まっている。ここで簡単な受付を済ませて、お客を二階三階の部屋へと案内するというシステムだ。

厨房の方では父さんが朝の仕込みに入っているのか、芳《かぐわ》しい匂いが漂っている。

「トーリ、起きたのなら厨房の方を手伝ってあげて！　――って、あんた酷い顔してるわね。寝癖もついているし、先に顔を洗ってきなさい」

厨房から漂う匂いを嗅いでいると、長い金色の髪をアップに纏《まと》めた綺麗な女性がやってくる。今世《こんせ》の母であるシエラだ。

母さんにグイグイと背中を押されて庭へと出されてしまう。

母さんは僕を庭へと追いやるなり、食堂にある椅子をテーブルから下ろし始めた。

妹がせっかちなのは、きっと母さんに似てしまったのだろうな。そう思いつつ、僕は庭にある井戸に顔を洗いに向かう。

勿論《もちろん》、家に水道とかいう便利なものはない。

いちいち井戸から自分で水を汲み上げて、使わなければいけないのだ。

井戸からタライを落として、えっちらおっちらロープで引き上げる。

タライ一杯の水を引き上げるだけで一苦労だ。

ここでよくあるファンタジー主人公のように、前世の知識を利用してポンプなどが開発できれば楽になるのだが、ただのサラリーマンにそんな知識があるわけないじゃないか。

この世界には魔法や魔道具があるので、それらを使えば随分と楽になるらしいのだが生憎《あいにく》とそれはとても高価なもので、うちには最低限、宿に必要なもののくらいしかない。

転生したというのにないない尽くしの僕であるが、これでも結構楽しくやれている。

人間、それが不便であっても慣れてしまえばどうということはないものだ。

そんなことを思いながら、僕は水を入れたタライで顔を洗う。

水面には金色の髪をしており、ハッとするような美少年が……映っているわけもなく、茶色の髪に癖毛をした、どこか眠たそうな顔をした少年の顔があった。

顔立ちが整っているわけでもなく、可愛らしい顔をしているわけもない。

母さんと妹はハッとするような美女、美少女であるのに対して、僕はパッとしない顔立ちだ。

茶色の髪は父さん譲りなのであるが、父さんは僕に比べて野性味があるがナイスガイだ。一体、どのような遺伝子の変化があって、こんなパッとしない子供が生まれてしまったのか。

疑問に感じながらも僕は顔を洗い、寝癖を直していく。

水面で顔を確認して問題ないことを確認したら、母さんに言われた通りに厨房へと向かう。

厨房へと入ると、茶色の髪をしたごつい男性がトントンとリズム良く野菜を切っていた。

彫りの深い野性味のある顔立ちに、百八十センチはありそうな巨体。エプロンをつけていても盛り上がっているのがわかる筋肉。

この男性、アベルこそが僕の主な遺伝子源になっている父である。

タイプが違うとはいえ、父さんも一応はイケメンだ。どうしてそれを上手く引き継ぐことができなかったのだろうか。

猜疑の視線を向けていると厨房に入ってきた僕に気付いたのか、父さんが包丁の動きを止めて顔を向けてくる。

「トーリ、ちゃんと顔を洗ってきたのか？」

「さっき洗ってきたばかりだよ。ほら、前髪とか濡れてるし」

「そうか？　眠いのもわかるが、もうちょっとしゃきっとした顔しろよ？」

きちんと顔を洗ってきたというのに何という言われようか。

何故か僕はどこに行っても同じようなことを言われてしまう。

やれ眠そうだの、やる気が感じられないだの。僕は至って普通の顔をしているというのにとんだ誤解だ。

「まあ、いいか。そこにある野菜をいつものように切ってくれ」

「はいよー」

父さんに言われて、台所に置いてある包丁を握る。

台の上には今日使う野菜がずらりと並べられている。キャベツやレタス、トマト、ニンジンなどと前世も見たことがある食材に加え、この世界ならではの食材も並んでいる。

この世界には魔物という生き物が存在し、様々な不思議食材で溢れているからな。食材の数でいえば、前世はとても敵わないだろう。

「今日はトマトとキャベツが多いね」

「ああ、今日は農家が新鮮なトマトとキャベツを持ってきてくれたからな。今日はシンプルにロールキャベツのトマト煮にしようと思う」

「おお、いいね」

新鮮な素材をそのまま活《い》かして頂くロールキャベツのトマト煮はとてもいいと思う。

今朝のメインメニューはそれで決まりだろう。

とはいっても、朝のメニューがそれだけだとお客も嫌がるからな。量はそれほどないが、他の簡単なメニューも揃えておく必要がある。

僕がこうやって野菜を切っているのも、他のメニューとなる野菜スープのためだ。

具材をひたすら切って、皮を剥いてという単調な作業を繰り返す。

昔からこういった単調な作業は好きなので大して苦ではない。

なにせ作業をしている間は何も考えずに済むからな。働いていて嫌なことがあった時や、ささくれている時はこうやって料理に没頭してよく現実逃避をしていたものだ。

食道楽貴族

Tensei shitara yadoya no musuko deshita

父さんと朝食の用意が終わり、自分の朝食を食べ終わった頃。

二階から客の誰かが下りてくる音がした。

そうか、もう客が下りてくる時間か。

「トーリ、こっちはもういいから客の相手をしてくれ」

「わかった」

メインメニューであるロールキャベツのトマト煮の入った鍋をゆっくりとお玉で混ぜながら父さんが言う。

他のメニューも後は簡単に炒めたり、温めたりするだけだ。僕がここにいてやれることはごくわずかだろう。

僕は大人しくそれに従って、厨房を抜けて食堂の方へと向かう。

食堂へと入ると、ちょうど階段から男性が下りてきた。

金色の髪に翡翠《ひすい》色の瞳。彫りが深く整った顔立ちである姿はまるで王子様のよう。

華奢《きゃしゃ》な体格をカッチリとした白いカッターシャツと黒の長ズボンで包んでいる。その衣服は僕の着ているような服とはまるで素材が違う。

その男性は澄ました表情で歩くと、こちらに気付いたのか白い歯を浮かべる。

「やあ、トーリ君！　今日も素敵な朝だね！」

「そうだねミハエル。朝の仕事がなくて惰眠を貪れたらもっと最高な朝だったよ」

「ははは、相変わらずトーリ君は寝るのが大好きだね」

そう、この王子様のような外見を持つ男性、ミハエルは僕とは違う服装からわかる通り貴族だ。

何故、高貴な貴族が庶民的なこの宿屋に泊まっているのかというと、僕がたまに出す前世の料理を気に入ってくれたから。

最初は気まぐれに入ってみた宿屋だと思うのだが、それ以降は僕の料理だけでなく父さんの料理も気に入り、長くここに居ついている。

「ミハエルさん、おはよう」

「おはようございます」

食堂の掃除とチェックを終えたのか、レティと母さんがミハエルに挨拶をする。

すると、ミハエルは僕の前から忽然《こつぜん》と姿を消して妹達の前にいた。

「おお！　これはレティ嬢にシエラ嬢！　今日もハッとするような美しさだ！　思わず僕

の眠気も覚めてしまったよ！」

「どうもありがとう！」

自分のズボンに埃《ほこり》がつくのも厭《いと》わず、ミハエルは膝をついてレティの手を振って甲にキスをするフリをする。

余りに大袈裟《おおげさ》で気障《きざ》な台詞《せりふ》であるが、ミハエルのような男がやると意外とさまになるものだ。レティも母さんもお褒めの言葉をかけられるのは嬉しいのか、いつも満更《まんざら》でもない様子だ。

ちなみにミハエルは母さんの手の甲にはキスをするフリをしない。それをすると父さんが嫉妬をするからだ。

母さんはどこかお姫様扱いされないのが残念そうだが、父さんからヤキモチを受けのが嬉しいので相殺《そうさい》という状況になっている。夫婦の仲がいいようで何よりだ。

「ん？　このどこか酸味のある香りはトマトかな？」

「そうだよ。新鮮なトマトとキャベツが入ったからね。今朝のメインメニューはロールキャベツのトマト煮だよ」

「それは素晴らしい！　朝食はそれを頼むよ。ああ、付け合わせにはパンといつもの赤ワインをよろしく」

ミハエルはそうカッコつけるように言うと、食堂にある奥に座る。

それから胸ポケットから取り出したナプキンをつけて、ズボンから取り出した白い布を広げてテーブルに被せる。

それからどこにしまっていたのか銀色に光るマイナイフとマイフォーク装備しだした。

ただのテーブルが、高級レストランののテーブルのようになったな。

この人、本当に自由だ。

ここは庶民の宿屋であるというのに随分と勝手なことをするお客である。

まあ、彼は混んでいても相席をしてくれるし、問題も起こさないのである程度の自由行動は放置している。

ちょっと食への拘《こだわ》りが強い気障なお兄さん。例え貴族であろうとうちではそんな感じのイメージだ。

目をつむってじーっと料理を待つミハエルに呆《あき》れながらも、僕は厨房へと近付く。

「父さん、ミハエルにロールキャベツのトマト煮一つ。パンといつもの赤ワインをセットで」

「わかった」

受け取り口で注文を伝えると、厨房にいる父さんがテキパキと動いて用意してくれる。

そしてお盆の上には、メインであるロールキャベツのトマト煮がでかでかとした皿に盛りつけられ、付け合わせのパンとサラダが乗せられた。

そして追加とばかりに赤ワインのボトルとワイングラスが乗せられる。

これはミハエルがどこかから買い付けてきた高級赤ワインだ。

一口だけ飲ませてもらったが、とても角がとれたまろやかな赤ワインだった。前世で呑んでいた赤ワインは何だったのだろうと、疑問に思ってしまうくらいの美味しさ。

値段は恐ろしくて聞けていないが、きっと金貨何十枚もするくらいなのだろうな。

メインである料理よりも赤ワインの瓶を落としてしまわないように気を付けて、僕はミハエルの元へと向かう。

高級ワインのせいか緊張感して、それほど大きくないはずの食堂がとても広く思えてしまう。

僕は震えそうになる手を必死に堪《こら》えながら、何とかミハエルの元までたどり着いた。

「はい、お待たせー」

「うーん、トマトの香りがとてもいい！」

一皿ずつ料理を置いてから、ワイングラスを置いていく。

それから高級赤ワインを片手に持って、その場で注いでいく。

ワイングラスの口部分につけないように、少し浮かしながらグラスの四分の一くらいまで。

適量注ぎ終えると、ワインを上に向かせて手首で捻《ね》じり、雫《しずく》が垂れ落ちないように布で拭う。

「トーリ君も大分ワインを注ぐのがさまになってきたね。きちんとラベルだって僕に見えるようにしているし雫の溢《こぼ》しもないよ」

「誰かさんが注ぐ時は美しくとか言うからね」

ミハエルが逐一指摘してきたりするので、僕はその通りにやっていただけだ。

お陰で僕もそれなりに綺麗にワインを注げるようになったと思う。

宿屋の息子にはまったく必要のない技能だと思うけど。

実際役に立っているのは、ミハエルに注ぐ時とふざけて女性にそれらしい演出をしてあげることくらい。まあ、綺麗な所作《しょさ》ができて損はないし、楽しいからいいんだけどね。

「これなら高級レストランのウェイターになっても大丈夫だね！」

「僕は宿屋を継ぐから必要ないよ。そんなマナーや気品を求められる職場は気疲れしそうだし。僕はこうやってお客さんと話しながらのんびりできる方がいいや」

「そうかい。でも、もし何かあったら言ってくれよ？　ウェイターでよければ紹介してあげるから」

「ありがとうね」

冗談半分本気半分というところか？　とにかくミハエルが好意で言ってくれているのは確かなので礼を言っておく。

「さあ、それでは頂こうか！」

話は終わりだとばかりにミハエルがフォークとナイフを構える。

それから真っ先にメインであるロールキャベツを切り崩しにかかった。

白銀に輝くナイフがキャベツへと埋もれていく。煮込まれて柔らかくなったキャベツはナイフをあっさりと通し、いともたやすく中にある肉を露出させた。

ミハエルはその光景に目を輝かせながら巧みにナイフとフォークを操って、食べやすいように切り分けていく。

それから一口サイズのロールキャベツをフォークで刺して、パクリとほおばった。

「んー！　柔らかいキャベツにトマトの酸味、そして溢れ出る肉の旨味が堪らない！」

恍惚《こうこつ》とした表情で感想を漏らすと、ミハエルはパクリパクリとロールキャベツを胃袋へ納めていく。

どうやら気に入ってくれたようだ。

ミハエルが満足する様子を窺《うかが》っていたのか、父さんが厨房口でニシシと笑っていた。

やっぱり料理人としては美味しそうに食べてくれる人は嬉しいからね。

冒険者三人組

Tensei shitara
yadoya no
musuko deshita

「わー！　この美味しそうな匂いはトマトね！」

「げっ！　俺、トマトは苦手だぜー」

「苦手とは、美味しいのに勿体《もったい》ないな」

続いて騒がしく降りてきたのは若い女性一人に、同じくらいの年齢の男性が二人。

この三人は冒険者でありパーティーを組んでいる。

茶色の髪をポニーテールにしており、綺麗というよりかは可愛らしい顔立ちをしているのが魔法使いのヘルミナ。

トマトが苦手だと呻《うめ》いている金髪の男性が剣士のラルフ。

目にかかるまでの長い黒髪を持ち、物静かな佇まいをしているのが弓士のシークだ。

三人とも同じ村出身なので非常に仲がいい。

「トーリ君、今日の朝ご飯は何？」

ひとしきりトマトの会話をすると、ヘルミナが人懐っこい表情で聞いてくる。

「今日のメインはロールキャベツのトマト煮だよ。付け合わせはパン」

「いいわね！　あたしはそれ！」

「俺もそれで」

「……俺は違うメニューを適当に頼むぜ」

「わかった」

トマトの苦手なラルフ以外は、今日のメインにするようだ。

僕が注文を受けて厨房口まで移動すると、またもや階段を降りてくる音がする。

いつもよりも皆が下りてくるのが早い。

どうやら濃厚なトマトの香りに誘われて、宿泊客がドンドンと起き出してきたようだ。

これはますます忙しくなるぞ。

料理の香りは厨房の通気口から外にまで出ているのか、朝の労働者である街の人々までもうちの食堂に入ってくる。中には早速今日の宿をとろうとしている者もいるのか。受付には数人の旅人や冒険者らしき人々が押し寄せていた。

「私が受付に行くから、お兄ちゃんと母さんは食堂をよろしくね！」

くそ、レティめ。混雑する状況を面倒臭がって受付に逃げやがったな。

受付だと名前を書いてもらって宿泊日数を聞いて、システムを説明し、お金を受け取り部屋の鍵を渡すだけ。

説明することが多いように思えるが、宿のシステムなどほとんど同じで皆知っている。

一回言えば、後ろに並んでいる人まで聞こえるから細かく説明するのは数回だ。

そんな簡単な作業を妹に奪われてしまった。

「おーい！　注文いいか？」

「はーい！」

お客に呼ばれて母さんが忙しく動き回る。

客の騒がしい喋り声と注文の声。それらが入り混じり、静かな朝の食堂は途端に賑やかなものになる。いかん、このままボーッとしていると増々忙しくなる。効率的に動いてさっさと終わらせないと。

とりあえずヘルミナが注文する声は父さんも聞いていたと思うので用意しているだろう。

「ほい、ヘルミナとシークの分。こっちはトマトが苦手なラルフ用のいつものだ」

急いで厨房口へと向かうと、予想通り父さんが料理を置いてくれていた。

父さんは母さんからの注文を受けて、他のメニューを用意している。

厨房も食堂も忙しい。僕はヘルミナの分とシークの分を急いで持っていく。最後にラルフの分である、ふかし芋と野菜スープにパンを受け取る。それから他の客に呼び止められて注文を受けながらも、僕はラルフの下へとたどり着いた。

「んー！　美味しい！　このキャベツ凄く柔らかいわ！」

「このトマトのスープもたまらねえ！」

先に料理を届けていたせいか、ヘルミナとシークはラルフを待つこともなく食べ始めていた。

「お待たせ、ラルフ」

「トーリ、遅いぜ」

対するラルフは空腹のせいか、伸びた餅のようにテーブルに突っ伏していた。

ラルフ用のお任せメニューを置いていくと、お肉が見当たらないことが不服なのかラルフがムッとした表情で料理を眺める。

「父さんからのおまけかな？　野菜スープにはウインナーが少し入ってるよ」

「おー、ありがとな！　アベルさんにも後でお礼を言っとくわ！」

ウインナーが入っていることを教えてあげると、途端に元気になるラルフ。やっぱり若者は肉を食べないと元気が出ないからな。これくらいはサービスの範疇《はんちゅう》である。

「ところでトーリ！　ハンバーグとかマヨネーズは作らないのか？」

「ああ、今日はずっと寝ていたし作っていないね」

あと、マヨネーズは料理ではないぞラルフ。

ハンバーグとマヨネーズは、僕がたまに作る前世の料理と調味料だ。

専門的な知識も大して必要とせず、比較的簡単に作れるものだ。ちょっと食べてみたくなって作っていた時に、通りかかったのがラルフだ。

彼はそれを食べて以来、ハンバーグとマヨネーズの虜《とりこ》になってしまったらしい。

「俺、あれが好きなんだよ。今度でいいからまた出してくれよ」

ラルフが両手を重ねて頼んでくるが、男がやったところでまったく可愛くもない。

まあ、作ってあげてもいいが朝は無理だ。朝は早起きして作らないといけないから自然と睡眠を削ることになる。

それは僕としてNGなので、従って昼か夜か。今日は昼寝をするという大変崇高な使命が控えているので厳しいな。

「わかった。また今度作ってあげるよ」

「本当か⁉　約束したからな！」

「うん」

ただし具体的な日時などは指定していない。今度という曖昧《あいまい》なものだ。それは今日ではなく明日でも明後日でも、もっと遠い一か月後でもいいということ。

自分の好きなタイミングに作ればいいや。

ヘルミナとシークは僕のそんな考えに気付いているようだが、ラルフは作ってもらえると約束した段階で満足しているようだ。それをどこか可愛らしく思いつつ、僕は余計なことを突っ込まれないようにそそくさと離れた。

◆

多くの客が食堂に押し寄せては料理を食べて朝の仕事に向かう。それでも街でお腹を空かせている客はたくさんいるために、お客が消えては入って来るを繰り返す。

「酒だ！　酒だ！　エールを持ってきてくれ！」

そしてお客の中に、朝っぱらだというのにお酒を持ってこいと要求する人物がいた。

ずんぐりとした樽のような身体に短い手足。顔は髭に覆われていて、老人のような顔立ちをしているファンタジー種族、ドワーフだ。

そう、この世界には人間の他に、エルフ、獣人といった数多《あまた》の種族が生きている。

彼らは見た目こそ人間と違う部分もあるが、きちんとした心があるというのは同じだ。

初めは少しビビッたけど、今ではもう慣れたもの。

「酒を早く持ってこーい！」

ドワーフの客は短い手足を振り乱しながら、大きな声を出して酒を要求する声を上げる。

それに対して隣に座るエルフが顔をしかめながら言う。

「呆れましたね。朝から酒ですか？」

「ワシらドワーフにとって酒は水と同じじゃ！　飲まんと死んでしまうわい！」

ゲームや小説ではエルフとドワーフは仲が悪いことが多いが、ここではそうでもない。

「そんなわけないでしょうに」

「酒は生きるための活力なんじゃ！　なければ干上がってしまうわ！　お前さん達が野菜をやたらと食いたがるのと一緒じゃ」

「野菜は生きるのに必要なものですよ。ですけど、酒は嗜好品であって必要ではない」

「何だとお前、ドワーフに喧嘩を売ってるのか⁉」

……ないはずだが、何事にも見解や価値観の相違というものがある。ドワーフとエルフはちょっと合わない部分もあるが、ちゃんと良好な仲を築いている人達も多くいる。

たまたまここにいるドワーフとエルフは気が合わなかったのだろう。

とはいえ、このまま放置していると喧嘩してしまいそうだな。

「はいはい、エールをあげるから落ち着いてね！」

「おお！　酒じゃ！」

とりあえず酒だけ置いてやると、ドワーフは途端に笑顔になってエールを呷《あお》り始めた。

ドワーフがうるさくしなければ隣のエルフも文句は言わない。

好きなことがはっきりしていると、客も扱いやすいものである。

そうやって後は、客に料理を届けて勘定をする。

そんなサイクルを小一時間ほど繰り返すと、ようやく食堂内がいくらか落ち着き始めた。

この忙しい朝食の時間さえ、終われば後はのんびりと働くだけだ。

たまに座ろうが、呑気《のんき》に外を見ようが、レティと喋ろうが、自分の仕事さえある程度やっていれば前世のように怒られたりしない。実にいい環境だ。

レティと一緒に残っていた皿を回収し、テーブル周りを掃除する。

残っているのは騒がしい時間をずらして起きてきた僅かな宿泊客と、休憩をしに入ってきた流れの旅人。そして冒険者であるヘルミナ達だけだ。

「今日は何の依頼をやる？」

「討伐系にしようぜ。薬草の採取はもう飽きた」

「確かにいい加減雑用依頼は飽きた。懐《ふところ》にも余裕ができたし、ここは大きく外に出て討伐依頼をしようじゃないか」

ヘルミナ達は今日の仕事をどうするか作戦会議の模様。

討伐系にするか、採取系にするか議論を交わしている。

「じゃあ、ちょっと荷物の点検をしましょう。きちんと道具が揃っていたら討伐系を受けることにしましょう」

「「おう」」

どうやら一度荷物の点検をしに部屋に戻るよう。

冒険者といえば気楽なイメージもあるが、命を懸けて仕事をするので慎重なのだ。

ウルガスとナタリア

Tensei shitara yadoya no musuko deshita

ヘルミナ達が食堂から移動して自分の部屋へと戻っていく。

それからしばらく。まばらにやってくる客をさばきつつ、食堂内の清掃をしているとギシリギシリと階段の軋む音を鳴らして誰かが下りてきた。

その身長は巨体に分類される父さんよりも高く、遥かに肩幅がある。

室内であるというのに騎士が装着するような灰色の全身鎧を纏《まと》っており、首から上も覆うような兜に覆われている。鎧の下には黒のインナーのようなものを着ているのか、肌が露出している部分はまったくない。

予想以上に迫力のある人物が下りてきたせいか、休憩に立ち寄った旅人がすっかりと固まってしまっている。

「おはようウルガス」

「…………」

僕が挨拶の言葉をかけると、ウルガスは鎧が擦れる音を鳴らしながらゆっくりと頷く。

彼？　彼女かどうかはわからないが、ウルガスは最近ここに住み着いた傭兵だ。

傭兵というのは各地で起こる貴族同士の小競り合い、決闘、時に戦争。商人や貴族の護衛などと戦いが起こりそうであればどこへでも赴《おもむ》く戦士のことだ。

冒険者との違いは、魔物を相手にするよりも人を相手にすることが多いということだ。

だからといって、ウルガスが魔物と戦えないということはおそらくないだろうな。

魔物と戦うよりも人間と戦う方が得意。くらいで捉《とら》えた方がいいのだろう。

「…………」

ウルガスは食堂内を見渡すと、端っこで食事をしている旅人の方へと歩き出す。

全身鎧のウルガスに一直線に近付かれた、旅人は顔を真っ青にしてただただ固まっている。

「ひいいっ！」

そして、ウルガスが手を伸ばすと旅人は恐怖に耐えきれなくなったのか頭を抱えだした。

怯《おび》える旅人をよそに、ウルガスは屈んで何かを拾い上げる。

そして肩を震わせる旅人の肩を軽く叩いて、手の平の中の物を見せた。

「えっ？　あっ、俺の財布。拾ってくれたのか？　あ、ありがとう」

どうやらウルガスが拾ったのは旅人の財布だったらしい。椅子の影に落ちていたものだから僕とレティも気付かなかった。

恐る恐る受け取ってお礼を言う旅人。

ウルガスはそれに頷くと、食堂にある広めのテーブル席に移動して腰を下ろした。

それから僕の方を見て、旅人が食べているロールキャベツのトマト煮を指さす。

「わかった。ウルガスもロールキャベツのトマト煮だね。付け合わせはパンでいい?」

「………………」

「わかった」

僕が頷くと、ウルガスはそのままジッと座って外の景色を眺め出した。

最初は職業と見た目にビビッていた僕だが、ウルガスは決して無暗に暴力を振るう人ではないことを知っている。

ウルガスは見た目とは裏腹にとても優しい人なのだ。

ところでウルガスはどんな顔をしているのだろうな。

ここで暮らしているが、その兜の下を見たことはない。

僕は父さんから料理を受け取ってウルガスの下へと持っていく。

もしかしたら今日こそは兜を外すのではないか。そう期待して眺めてみる。

レティも同じ思いだったのか、テーブルを拭きながらも視線だけはウルガスの方へと向いていた。

ウルガスは僕とレティの視線に困惑しながらも、ナイフとフォークを動かして一口大に切り出した。

そしてロールキャベツをフォークで刺して、器用に鎧の隙間から口へ運んで食べた。

大きな体をしているにも関わらず器用なことをしている。

僕とレティは今日もウルガスの顔が見られないことを少し残念に思いながら、仕事を再開した。

◆

まったりとウルガスが食事をする中、レティはまばらにやってくる受付と食堂の掃除。母さんは皿洗い、父さんは昼食の向けての仕込みを開始しだす。

食堂や厨房も落ち着いてきたので、本来であれば宿泊客が泊まった部屋の清掃、備品チェックに取り掛かるのだが、まだやるべき仕事がある。

それは朝食の終わり時間がきているというのに、一向に降りてこない寝坊助な客を起こすことだ。

本来であれば時間をきちんと守らない客が悪いのであるが、やっぱり父さんの作った美味しい料理をきちんと食べてほしい。せっかく食事代も込みで払っているのだ、起こしてあげないと可哀想じゃないか。

そう思って僕は寝坊助を起こすべく、二階へと上がって一番奥にある扉へ。

扉に近付いただけなのに、どこか甘い香りが外まで漂っている。

「ナタリア、起きてる？　そろそろ食堂に降りてこないと朝食の時間が終わるよー？」

「……うーん、もう少し寝かせてー」

コンコンとノックしながら言うと、部屋の中から悩ましい女性の声が返ってきた。

どうやらこの部屋にいるお客は起きる気がないようだ。

のんびり過ごすことをモットーにしている僕でさえ、もう働いているというのにまだ眠ろうとするとは羨《うらや》ましい。

「……うーん」

とはいっても、中にいる女性の職業を考えれば朝眠いのも仕方がないのかもしれない。

「ダメだよ。昨日もそう言って朝食を食べなかったでしょ？」

そうは言っても、中からは曖昧な返事が返ってくるだけ。

思わずノブを捻《ひね》ると、キイイという音を立てて扉が少し開いた。

女性の一人部屋なのに随分と不用心な。

「入るよ？」

念を押すようにして扉を開けて入ると、甘ったるい香水の匂いがした。

それはもうしっかりと香水の匂いだとわかるのだが、鼻につくほど不快ではないのが不思議だ。

部屋の中はカーテンで閉め切られているせいか薄暗い。

床を見てみると放り出された鞄、派手なドレスや下着類が無造作に脱ぎ散らかされていた。

それらを踏んでしまわないように、できるだけ見ないようにしながら僕はベッドの近くへと移動する。

「ほら、ナタリア。ご飯の時間だよ」

「もうちょっと寝させてよ。娼館からさっき帰ってきたばかりなの」

布団を揺らしながら言うと、ナタリアは眠いのか甘えるような声を出して背中を向ける。

ナタリアは夜に働く娼婦だ。

一般的な人とは違って、夜遅くに働きに出て早朝に帰ってくるという生活を送っている。

「夜の仕事をしているからこそ、きちんと食事はしないとダメだよ。何事も身体が資本だよ？」

「……もう、わかったわよ」

そうやって説得すると、ナタリアはぐずりながらもようやく起きてくれた。

艶《つや》やかな紫色の長髪に切れ長の瞳。その色は澄み切った翡翠色をしておりエメラルドのように美しい。

目鼻立ちはくっきりとしており、誰もが振り返るような色香の漂う美人さんだ。

その身体はまさにわがままボディで出るところは出ており、引っ込むところは引っ込んでいるという世の女性が羨むような体型をしている。

まるで男性の欲望をそのまま形にしたような。そんな黄金ボディを持つのがナタリアだ。

そう、特に胸などは目の前にあるようにたわわで形も良く……。

「って、ちょっ！　胸！　なんで寝間着を着てないのさ！」

「だって服を着ていると眠れないんだもの」

胸を露出しているというにも関わらず、ナタリアは気にした様子はない。

呑気に口元に手を当てて欠伸《あくび》を漏らしている。

口元は手で隠すのに胸は隠さないのか。普通逆ではなかろうか？

俺が疑問に思っているとナタリアは勘違いしたのか、にやりと笑みを浮かべる。

「なあに？　トーリってば、お姉さんの胸が気になるの？」

「べ、別にそんなことはないよ」

本当はかなり気になる。めっちゃガン見したいけど我慢だ。

ここで変な視線を向けるとエロガキという烙印《らくいん》を押されてしまう。

「触りたい？　トーリならお客と違って、お金を払わなくてもいいわよ？」

僕をからかって楽しいのか、蠱惑《こわく》的なポーズをとりながら甘い声を出すナタリア。

さすがは夜の仕事で慣れているせいか、男性を誘惑するのがかなり上手《うま》い。

「遠慮しておきます」

僕は意思の力を総動員して、できるだけ平静を保ちながら断った。

「それより早く起きてよ。朝食がなくなっちゃうから」

「はいはい」

僕をひとしきりからかうと満足したのか、ナタリアはゆっくりとベッドをから出る。

全裸であるにも関わらず、布団から出るものだから僕は慌てて背中を向けて扉へと移動した。

「あら？　着替えるのを手伝ってくれないの？」

「僕は宿屋の従業員であって召使いじゃないからね」

僕はできるだけ平静を装いながら、ナタリアの部屋を出た。

休憩時間は寝るに限る

普段着に着替えて食堂へと降りてきたナタリアが、気怠《けだる》げに朝食を食べる。

「美味しぃー。でも、死ぬほど眠いわぁ」

一応髪も整えられているが、眠さのせいか表情に陰りがある。

朝に帰ってきたばかりで少ししか寝ていないのだから当然であろう。

さっきは僕をからかっていたので元気であったが、美味しいご飯を胃袋に入れているうちに眠気が襲ってきてしまったようだ。

それでもナタリアは緩慢とした動きでフォークを動かしていく。

眠気のせいか首がこっくりこっくりと動くので中々口に入らない。

普段着と言っても露出の高いワンピースのせいか、肩から紐がずれて胸が見えてしまいそうだ。

「ああ、ナタリアさん！　服がずれてるよ！」

それに気付いたレティが慌てて、ナタリアの下へと向かう。

ナタリアが心配だったが、レティがいれば安心だ。

「トーリ！　レティ！　部屋の掃除に行くわよ！」

「はーい」

ナタリアの食事が終わると、掃除用具を手にした母さんがやってきた。

朝も中頃。部屋に泊まっていたお客の多くが働きに出て部屋からいない状態だ。

部屋を掃除するなら今が好機というわけだ。

「私とレティは二階の方をやるから、トーリは三階の方を頼むわね」

「うげっ！　また三階かよ」

三階は二人部屋が多く、カップル同士が利用することもたまにある。

うちは夜の営みを推奨するような宿ではないが、ごくまれにそういうことをしにくる客もいるのだ。

昨日の客は数組かカップルらしき客がいたのだ。ひょっとすると夜の営みの形跡があるのかもしれない。そうであったら掃除するこちらは大変だ。

「お兄ちゃん一人でやるのが嫌なの？　だったら私が三階をやろうか？　私三階の掃除あんまりしたことないのよね」

「じゃあ、頼――」

「今日は二階で女性客が多かったの。だからレティは二階を手伝ってちょうだい」

僕がレティに頼もうとしたところで母さんが遮るように言って、丁寧に建前まで付け加える。

「そっか。なら、私がやる方がいいよね。じゃあ、お兄ちゃん三階の掃除頑張ってね」

母さんの建前にあっさりと納得したレティは、掃除用具を手に取って二階へと上がっていく。

レティの姿が完全に見えなくなると、僕は母さんにじとっとした視線を向ける。

「……ちょっと母さん」

「文句言わないの。純粋なレティにカップルの部屋を掃除させるわけにはいかないじゃない」

「つまり僕はもう汚れていると言いたいの？」

「擦り切れているのは確かでしょ？」

抗議する僕に、母さんはきっぱりと言いながら掃除用具を押し付けてくる。

「そろそろレティも十歳だし、そういう知識をちゃんと教えてあげた方がいいと思うよ」

「わかってるわよ。近いうちに教えておくから」

母さんはそう言うと、この話は終わりだとばかりに二階に上がっていく。

本当に教えるのかな？　母さんも父さんも何だかんだとレティに甘いからな。きちんと教えられるか心配だ。特に父さんはベタ甘だし。

まあ、男である僕が教えても話がこじれる未来しか見えないので、この件については母さんに全面的に任せよう。

レティよ。君にはいつまでも純粋でいてほしいが、早く知識をつけて大人の階段を上ってきてほしい。具体的にはこの宿屋にある三階まで。

そしてお兄ちゃんをこの汚れ仕事から解き放ってくれ。

◆

「……終わった」

三階の部屋の掃除を終えた僕は、ぐったりしながら中庭で呟く。

三階の部屋であるが、具体的に言うと二部屋ほど形跡のある部屋があった。

まずはそこの部屋の扉を開けて空気の換気をする。その間に他の普通の部屋の窓も同じように開けて換気。それから室内を掃き掃除して、雑巾をかけて。備品に異常がないかチェックして、シーツを取り換えた。

だが、やはりその二部屋は強敵で、次に使う客が不快にならないように入念に掃除をしなければならない。結果的に隅々まで掃除しなければいけないので、普通の部屋を掃除するよりも何倍も労力がかかるのである。

身体的に疲れると同時に、そういう部屋の掃除をすると精神が疲弊する。

まるで自分の清い心が穢《けが》されたかのような。何ともいえない疲労感だ。

「残っている仕事をさっさと片付けて、先に一休みをさせてもらおう」

三階の仕事を終えた後は、母さんと父さんも心労を慮《おもんぱか》って一休みさせてくれるからな。

そういう配慮ができるなら、カップルが多い日に三階の掃除をさせないでほしいのだけどね。

そう心の中でボヤキながら、僕は掃除用具を片付ける。

それから各部屋に置かれている洗濯籠を集める。

うちの宿屋には追加料金を払えば、従業員が洗濯をするサービスがある。

各部屋に置かれている洗濯籠に洗濯してほしい衣服類を入れる。それを従業員が回収して洗濯するというわかりやすいシステムだ。

勿論、冒険者の武具といった専門的なものは無理だが、普通の衣服類やタオルは問題ないからな。

部屋の番号が書かれた籠を回収していき、中庭でシーツを洗濯している母さんとレティの下へとついでとばかりに任せる。

ちなみにナタリアは下着であろうと遠慮なく任せる。しかし、恥じらいのあるヘルミナは同じ女性である母さんやレティにも頼むのが恥ずかしいらしくて自分で洗っているよう。

そういうところが年頃な女性らしくてどこか微笑ましい。

「お疲れ様。洗い物はやっておくからトーリとレティは少し休んでいいわよ」

「うん、わかった！」

「じゃあ、そうさせてもらうよ」

洗濯籠を全部持ってくると、母さんから休憩を頂くことができた。

なんだかんだと厳しい母さんであるが、一応は僕のことも配慮してくれているようだ。

一旦《いったん》休憩など前世で務めていた会社ではほとんどなかった気がする。

労働から解き放たれた僕は、両腕を上に伸ばしてグンと伸びをする。

ああ、凝《こ》り固まっていた筋肉がほぐれて気持ちいい。

「お兄ちゃん、何するの？」

「昼寝」

寄ってくるレティにきっぱりと告げると、あからさまに不満そうな顔をする。

「ええ？　朝も十分寝ていたよね？」

「それでも足りないの」

レティは僕と一緒に会話したり、遊んだりできると思っていたようだ。

だが残念ながら今日のスケジュールは埋まっているのだ。レティの相手をしている暇はない。

「じゃあ、いいや。アイラお姉ちゃんのところに行ってくるから」

「はいはい、行ってらっしゃい」

僕が一緒に遊んでくれないと悟ったのか、レティはそう言い残して外へと走り出す。

僕の幼馴染であるアイラのところに遊びに行ったようだ。

アイラならレティとも仲がいいし、家の距離も遠くない。適当に遊んだら戻ってくるだろ。

そう思った僕は意気揚々と自分の部屋へと戻って、ベッドの上で寝転がる。

ああ、柔らかい布団の上は最高だな。

朝から働いた身体の疲労がみるみる吸収されていくかのようだ。

僕は自分のベッドの布団の弾力を確かめるかのようにゴロゴロと転がる。

きちんとした休憩時間のあることのなんと素晴らしいことだろう。

やっぱり人間は長時間働けるようにできていないんだよ。

ほどほどに働いて、生活するのが一番。きちんとした休みを取るスケジューリングこそ、最も効率が良くて健康にもいい働き方だな。

そう心から納得して、僕は暗闇の底へと意識を落とした。

二度目の起床

Tensei shitara yadoya no musuko deshita

「お兄ちゃん、起きて」

妹の不機嫌そうな声と共に頬を叩かれて目を覚ます。目の前には見るからに不満そうな表情をしたレティの姿があった。というか、この場面は今日で二回目だな。

「痛いよ、レティ」

「朝で二回も起こしにくる私の気持ちも察してよ」

叩かれた頬をさすりながら言うと、素っ気なく返された。確かにいちいち僕を起こしに四階まで来るのは面倒だろうな。次は中庭で寝るか、自力で起きられるように努力しよう。

「昼食の時間で忙しくなるからお兄ちゃんも手伝って」

「わかった」

レティと一緒に一階へと降りていくと、既に食堂には何人もの客が座っていた。

昼食は主に宿泊客ではなく、街で働いている大工や行商人、流れの旅人、冒険者といった人々が入ってくる。

ここを拠点としているものの、働いている場所が近所とは限らない。よっぽど近くにいればうちの食堂で昼食を食べにくるが、基本的には仕事場の近くの店や屋台などで済ましてしまうだろう。

しかし、辛い労働を乗り越えて心に潤いを持たせるために、うちの看板娘たるレティ目当てで毎回昼食を食べにくる客もいる。

「レティ嬢ちゃん、野菜炒め肉大盛りでな」

「肉大盛りだと追加料金が発生しますよー」

「えー、それくらいサービスしてくれよ」

「ここは男らしく、お金を払ってたくさんお肉を食べましょう?」

大盛りを要求してくる客に、レティは上目遣いで提案する。

その表情は兄から見てもとても可愛らしく、どこか庇護欲が誘われるものだ。

こんな可愛い少女に上目遣いに『男らしく』とか言われたら、払いたくなってしまうな。

「わかった！　じゃあ、ここは男らしく肉大盛りで！」

「ありがとうございます！」

男の注文ににこやかな笑顔で頭を下げると、レティはトコトコと厨房口へと歩いていく。

「野菜炒め肉大盛りだって！」

「……変なことされなかったかレティ?」

「大丈夫だよ。お父さんってば心配しすぎだよ。それにあれくらい慣れてるから」

父さんも見ていたのか、心配げな声音《こわね》で尋ねるがレティは動じた風もない。

「レティは随分とたくましくなっているな……」

「ああいうお客さんのあしらい方は、母さんとアイラお姉ちゃんに教わっているから」

僕が感慨深く呟くと、レティが少し低いトーンで答える。

というかさっきまでにこやかな表情と、可愛い声で接客していたのに、急に声のトーンを下げるのは止《や》めてほしい。シンプルに怖いから。

「さっきのおねだりの方法も？」

「まあね」

多分、あのあざといおねだり方法はアイラに教えてもらったのだろうな。

アイラの家は僕達と同じ宿屋一家だ。その看板娘たるアイラは男性のあしらい方も熟知しているだろう。

純真なレティが成長していることは嬉しい反面、狡猾《こうかつ》さも感じるようになってきて怖くも思う。もしかして、本当は三階のことも知っているのではないだろうか？　狡猾になっているのだ。ちょっとした性知識くらい持っていてもおかしくない年頃だ。

本当は知っているけど、知ったら三階の掃除をやらされるのが嫌で純粋なフリをしている……そういうことはない……よね？

「お兄ちゃん、ボーッとしてないで早くこっち来て！」

僕が思考の海に入りかけると、食堂からレティが呼んでくる。

そっちではレティが多くの皿を抱えながらも注文を聞いていた。

母さんは皿洗いに大忙しだし、今は余計なことを考えずに僕が働くしかない。

客で賑わった食堂内をすり抜けるようにして移動して、注文待ちの客から注文をとっては料理を運んで、皿を下げて、勘定してを繰り返す。

この時間は仕事の昼休憩のタイミングだ。限られた時間内を有意義に使うために、早食いの人が多い。朝とは比べ物にならないくらいの回転率の速さで客が出入りしていく。

「やあ！　トーリ君！　お昼も忙しそうだね！」

「ご覧の通りね」

僕が必死に皿を運んでいると、ミハエルが悠然と食堂内に入っていた。

生憎食堂内は混雑しており、彼が座るべき場所はない。

しかし、事前にそのことがわかっているので、うちで昼食を食べる時は対策をしていた。

「あっ、ミハエルの兄ちゃんだ！」

「こっちだよ！」

食堂内の奥にある四人掛けのテーブル席、そこを占拠する子供達がミハエルに向かって手を振っていた。

「おお！　今日もきちんと僕の席を取っておいてくれたんだね！　ありがとう！」

ミハエルがお礼を言うと、子供達は嬉しそうに笑う。

「教会の仕事に比べれば楽だし、どうってことないよ」

「それに美味しい料理も食べられるし」

そう、ミハエルは気に入った席を確保するために、孤児院の子供達に席をとってもらっているのだ。そしてミハエルはその仕事の報酬として昼食を子供達に奢っている。

貴族的な道楽も含まれているのかもしれないが、彼は孤児院の子供達にもこうして分け隔《へだ》てなく接している。

彼に仕事を紹介されて、仕事についた孤児院の子供もいるので信頼はとても厚い。

「さあ、好きなものを注文したまえ！」

「何にしようかな？」

ミハエルが言うと、子供達がメニューを見て悩みの声を上げる。微笑ましい光景だ。

◆

慌ただしい昼食の時間が終わると、客入りは落ち着く。

たまに遅れた時間に食堂に入ってくる客もいるが、それは比較的少人数なために家族全員が控えている必要はない。

厨房と食堂は父さんと母さんに任せて、僕とレティは朝の洗濯物を取り込むことにする。

中庭に出ると、気持ちのいい風が吹いて真っ白なシーツがたゆたっていた。

空は青く日差しも良好で天気もいいな。

僕とレティは二人で協力しながら、ベッドのシーツを竿から下ろす。

「太陽の匂いだ！」

レティがシーツの匂いをかぎながら無邪気にそう言う。

まさしくシーツは太陽の光を浴びて、柔らかい匂いを放っていた。

この匂いの正体は、ダニなどの虫が死んだ時に放つ匂いだという知識が脳裏にチラついたが気にしないことにする。人間細かいことを気にしすぎるとよくないっていうしな。

「太陽の匂いがするシーツの上で眠ればぐっすりだね」

「お兄ちゃんって、本当に寝ることばっかり。他にやることないの？」

「言い方がよくないよレティ。僕は数ある行動の中から睡眠というものをきちんと選んでいるんだ。決して他にやることがないからとかいう理由じゃないからね？」

そう。数ある選択肢の中から、睡眠を選ぶというのが大事なのだ。

自分の意志で決めるのと仕方なくというのでは、大いに気持ちが違う。

「……本当かなぁ？」

しかし、レティは疑惑の眼差しを向けてくる。

確かにこの世界の文明は、前世に比べると遅れているが、それでも暇潰しの遊戯くらいある。しかし、それでも僕はきちんと睡眠を選んでいるのだ。

だから、暇人ではない。

「時間が余っているなら料理でもすれば？　お父さんが、お兄ちゃんは料理の筋がいいのに中々修行をしないって嘆いていたよ」

父さんは僕を宿屋の料理人にしようとしている節がある。

僕は前世の一人暮らしでの料理経験があるから大体の料理知識はあるけど、父さんのような料理人に比べればまだまだだ。

それに僕としては厨房で忙しく働くよりも、今のように従業員としてのんびりと働いて休憩するという余裕のある仕事をしていたい。

だから、正直のところあんまり料理人にはなりたくないと思っている。

でも、たまには前世の料理を再現してみるのも悪くないよな。

完璧な料理人にはなれないが、そういった部分では貢献できると思う。

「まあ、今度やってみるよ」

「その時は美味しい物を作って食べさせてね！」

随分とちゃっかりしている妹である。

父さんは元冒険者

洗濯物などの雑事が一通り終わると、午後の時間は非常に緩やかなものになる。

部屋の掃除は済ませたし、洗濯物も終わっている。

食堂に入ってくる客も休憩をしに飲み物を頼む客が精々。仮に何か注文されても昼食の残りを出すだけで済む。

それくらいであれば誰でもできるので、厨房で忙しくしていた父さんも休憩中だ。

「ふう、ようやく一休みできるぜ」

「お疲れさま。厨房は大変だね」

肩を回しながら椅子に腰を下ろす父さんを僕はねぎらう。

僕は既に休憩を貰って二度寝をしたので、ずっと厨房に籠っていた父さん程疲れてはいない。

父さんはやや疲れの滲んだ息を吐くと、ジロジロと僕を見る。

テーブルに頬を突いているのが行儀悪い。とか言うんじゃないだろう。さっきレティが父さんは僕を料理人にしたがっているとか言っていたので、なんか嫌な予感がする。

「……なぁ、トーリ」

「ダメ」

父さんが何か言いかけるのを遮って、僕は先手を打つ。

「……まだ、何も言ってないんだが」

「何となく僕にとって都合の悪い提案が出てくる気がしたから」

「いや、都合が悪いとかそういう話じゃなくてだな」

僕の拒絶に父さんが負けじと不穏な話をしようとしていると、不意に近付いてくる気配に気づいた。

「あっ、アベルさん。休憩中に悪いんだけど、ちょっとだけ質問いい？」

やってきたのはヘルミナ、ラルフ、シークの冒険者三人組。

確か採取系の依頼にするか、討伐系の依頼にするか悩んでいて部屋で作戦会議をしていたはずだが、どうしたのだろう？

「いいぞ。何が聞きたい？」

「ストーンアントの討伐を受けようかと思ってるんだけど……」

「ちょっと待って。どうしてヘルミナ達が父さんにそんなことを聞くわけ？　父さんは料理になる食材については詳しいけど、魔物のことはわかんないよ？」

会話を途中で邪魔することになるが、それ以上に気になる点があるので割り込ませてもらう。

冒険者であるヘルミナ達が、どうしてただの料理人である父さんに魔物の討伐について尋ねるのかわからない。

僕がそのように言うと、ヘルミナ、ラルフ、シークが驚いた表情をする。

「……トーリ、もしかして知らねえのか？」

「知らないって何を？」

「いや、アベルさんは有名な冒険者なんだぞ？」

「いやいや、嘘でしょ？」

父さんはただの宿屋の料理人であって、冒険者なんかじゃないでしょ。

問いかけるように視線を巡らせると、ラルフ、ヘルミナ、シークはいたって真面目な表情。嘘をついて僕を騙そうする、ふざけた雰囲気は感じられない。

「もう、引退したから正確には元冒険者だな」

「え、本当にそうなの？　知らなかったんだけど？」

「特に聞かれることもなかったからな」

父さんの息子として十二年間生きていたけど、知らなかった事実だ。

「ああ、話を中断させてごめん。会話を続けていいよ」

「ええ、それじゃあ改めて聞くけど、ストーンアントって私たちでも討伐できるかしら？」

僕が父さんの過去に軽く驚いていると、ヘルミナ達が討伐依頼についての質問を父さんに投げかける。

「ストーンアントか。あいつらは甲殻が硬くて攻撃が通りにくい。関節や弱点である目だけを正確に射抜ける腕がないとシークはきついかもしれないな」

「うげえ、マジかよ。今の俺の腕でそこまで正確に射抜く自信はないぞ」

「となると、戦えるのはラルフとヘルミナが中心になるが、あいつらは酸を吐いてくるから生半可《なまはんか》な防具では前衛として機能させるのが難しい。正直、今のヘルミナ達には行ってほしくない類《たぐい》の討伐依頼だな」

「そうだったんだ。報酬金額が結構良かったからいいかなって思っていたんだけど、高いなりの危険があるってことだったのね。わかった。私たち他の依頼を受けることにする」

ここで素直に引き下がれるのはヘルミナ達が素直なこともあり、父さんを信頼している証なのだろう。父さんが冒険者だということも知っていたし、かなり有名だったのだろうか？

「依頼リストがあるなら、いい奴を見繕《みつくろ》ってやるぞ。今は休憩中で暇だしな」

「本当⁉　それ助かる！」

「代わりに道中にある食材を採ってきてもらうけどな」

「アベルさん、ちゃっかりしてるなー。でも、任せて！　稼がせてもらうんだから、それくらいお安い御用よ」

そう言ってヘルミナ達が依頼リストをテーブルに広げると、父さんはそれぞれの依頼の長所と短所を的確に指示。

今のヘルミナ達でも挑戦できて、なおかつ利益のいい討伐依頼を見繕った。

「ありがとう、アベルさん。私たち、このエッグプラントの討伐に行くことにするわ」

「ああ、除草剤をかけてやれば、簡単に動きが鈍るから準備していけよ」

「ええ！　行くわよ、ラルフ、シーク！」

「「おう！」」

父さんのアドバイスを受けて、早速準備に向かうために外に繰り出す三人。

それを見送った僕は、気になっていたことを父さんに尋ねる。

「ねえ、父さんってどうして冒険者じゃなくて宿屋をやってるの？」

父さんはまだ三十三歳と、若い年齢だ。

身体だって怪我をしている様子もないし、有名な冒険者だったというのであれば、そっちで稼いで生きていく選択もあったはず。

「さっきの話を聞いていたらわかる通り、冒険者というのは常に危険が付きまとう職業だ。危険な依頼をこなせるようになると収入もデカくなるが、いつかは大怪我をしたり、死んでしまうこともあるだろう。できるなら、そんなものとは無縁な生活をしたいと思うのは当然だろう？」

「確かに、十分なお金があるのに命を懸ける必要もないもんね」

いくら稼げるといっても魔物と戦い続けることは危険すぎる。十分に暮らしていけるほどの貯金が貯まったのなら、普通の営みをおくるのが一番だろう。

「それに俺は昔から料理をして、誰かに喜んでもらえるのが好きだったからな」

「へー、それならレストランでも良かったんじゃないの？」

料理で喜んでもらえるのが好きなのであれば、宿屋よりもレストランの方がわかりやすい気がする。

「それも少し考えたが、冒険者だった俺にはレストランよりも普段利用している宿屋の方が馴染みがあったしな。旅人や冒険者、ちょっとした訳ありで家に帰れない奴でも、自分の帰る居場所のようなものを作ってやりたかったんだ」

それはかつて冒険者として色々な場所を回った父さんだからこそ感じたことなのだろう。

言われてみれば、うちは従業員と客との距離感も近い。

変わったお兄さんのミハエルがいて、初々《ういうい》しい冒険者の三人組がいて、ちょっとだらしないお姉さんやお酒が大好きなドワーフなんかもいて。

人種や身分関係なく、まるで一つの家に住んでいるような感じだ。

うちの宿屋がそのような雰囲気になっているのは、なんとなくではなく、父さん達が皆にとって家だと思えるような場所作りを目指していたからなのだろう。

「なんかそういうのいいね」

「おっ、トーリもそう思ってくれるか」

素直に同意すると父さんは少し恥ずかしそうにしながら鼻を指で擦った。

「だったら、本格的にうちの料理人を目指して――」

「いや、それはいいよ。僕はあくまで一従業員として宿に貢献するから」

いい話だと思って聞いていたら油断も隙もあったもんじゃない。父さんのいい話を聞いたせいか、流れで頷きそうになったじゃないか。

「なんでだよ！　お前だって料理を自分ですることはあるし嫌いじゃないだろ⁉」

「嫌いじゃないけど料理人になったら父さんみたいに忙しくなるから」

食事時は厨房なんて食堂が目じゃないほどに忙しくなる。

仕入れや料理の研究、仕込みだってやっておかなければならない。そうなると今のような気楽な労働ができなくなってしまう。

前世は仕事に縛られていたので、今世では縛りなくゆとりある生活を楽しみたいのだ。

「なんでだよー。できるんだから、トーリもやれよー」

僕がそのことを力説すると、父さんはテーブルに突っ伏して呻いたのであった。

母さんは元魔法使い

Tensei shitara yadoya no musuko deshita

父さんが元冒険者だったという衝撃の事実を聞いて、僕は新たな疑問を抱いていた。

それが気になった僕は、テーブルで突っ伏す父さんに声をかける。

「ねえ、父さん」

「何だ？　料理人になりたくなったのか！」

「父さんは元冒険者だったみたいだけど、母さんも元冒険者だったりするの？」

「……清々《すがすが》しいほどの無視っぷりだな。俺はちょっと悲しくなったぞ」

だって、料理人になるつもりはないから。厨房で仕込みをちょっと手伝うくらいならいいけど、本格的に料理人になるつもりはない。

「で、母さんはどうなの？　冒険者だったの？　それとも普通の村人で、冒険中に立ち寄った村で出会ったとか？」

「なになに？　父さんと母さんの馴れ初め？　私も聞きたい！」

僕と父さんが話していると、どこからともなく聞きつけたのかレティがやってきた。

レティは僕達の話題を即座に見抜くと、素早い動きで僕の隣に座り込む。

「ちなみにレティは父さんが冒険者だったたって知ってる？」

「あ、やっぱり？　道理でよく冒険者の人と話してたわけだ」

レティは薄々気付いていたみたいで、僕よりも大きな反応は示さなかった。

何だと？　この家でまったく気付いていなかったのは僕だけなのか？　確かに冒険者とよく話している姿は見ていたけど、単に道中にある食材とかのアドバイスをしているもんだと思い込んでいた。

だって、父さんは料理人だから食用になる植物についても詳しかったし。

「じゃあ、母さんについては何か知ってる？」

「ううん、そっちは全然わかんない。前に聞いてもはぐらかされたから。だから、母さんの昔のこととか、父さんとの出会いとか気になる！」

息子と娘に興味本位の視線を向けられて、父さんはどこか恥ずかしそうにしていた。

「トーリが料理人になれば教えてやろう」

「だってさ、お兄ちゃん。早く料理人になって！」

「ならないから。僕はただの従業員だって」

レティも悪ノリしているように見えるが、実は本気なんじゃないだろうか？　最近そう思えてならない。

「別に父さんが教えてくれなくてもいいよ。冒険者ギルドにでも行って聞いてみるから。ヘルミナ達が知っていたみたいだし、そこに行けば面白い武勇伝とか落ちてそう」

「あっ、それ面白そう！　今から行く？」

「ダメだ！　あんなところにレティを行かしてたまるか！　うちの可愛いレティに何を吹き込むかわかったもんじゃない！」

僕とレティがそう言うと、父さんは目に見えてうろたえた。

仮にも昔は自分がいた場所だろうに、えらい言いようだ。

まあ、冒険者ギルドには荒っぽい連中がたむろしていると聞くし、あながち間違いではないのかもしれない。

「まあ、別に今となっては隠すことでもないしな。母さんは俺と同じ冒険者でパーティーを組んでいたんだ」

「母さんが冒険者？　本当に？」

「母さんって、それっぽい雰囲気ないけど？」

冗談で同じ冒険者なのかと尋ねたけど、実際にそう言われると首を傾《かし》げたくなる。

母さんは綺麗な顔立ちをした女性で、身体つきも普通の人と変わりない。

たまに宿や街で見かける女性冒険者のような鋭い雰囲気や筋肉もあるようには見えなかった。

「……もしかして、ヘルミナのような魔法使い？」

だとすると、浮かび上がるのは魔法使いだ。うちの宿に泊まっているヘルミナも、あまり筋肉質ではなく、後衛である魔法使いだからか冒険者らしい姿はしていない。

童顔気味ということもあってか、私服を着ているとただのお姉さんだ。

「正解だ。母さんは俺のように前衛で戦うんじゃなくて、後衛から魔法で魔物を殲滅《せんめつ》したり、支援するタイプだからな」

「じゃあ、母さんってば魔法を使えるの⁉」

「そうだな」

レティの興奮した声に父さんはしっかりと頷いた。

まさかうちのパパが冒険者で、ママが魔法使いだったとは。

だからといって、子供である僕達が特別なことはないけど、ちょっと面白い。

「ちょっと母さん呼んでくる！」

レティは本人に聞きたくてたまらないのか、立ち上がると階段を急いで上がっていった。

おそらく母さんは四階で休憩しているのだろう。

レティの興奮した声と、どこか気怠そうな母さんの声が聞こえ、階段を下りてくる音が聞こえてきた。

レティがニコニコと笑いながら母さんを連行して、父さんの隣に座らせる。

「アベル、昔のこと言ったの？」

「……まあな。もう言っても構わないと思ったしな」

二人の会話を聞くに、やはり意図的に伏せていたようだ。

「何で冒険者だって言わなかったの？」

僕が率直に尋ねると、父さんは少し難しそうな顔をした。

「親が冒険者だったからといって、トーリやレティに冒険者を意識させたくなかったからな」

「まあ、私も危険な冒険者よりも、平和に宿屋を継いでくれる方がいいと思うわ」

確かに両親が有名な冒険者であれば、自分もと奮起する子供もいるだろう。

前世でたとえるならば、父と母がスポーツ選手だった。みたいな感じだろう。

「ふーん。お兄ちゃん、冒険者になりたいとか思ったことある？」

「全然」

「私も」

「あなた達ならそうだとは思っていたけどね。アベルが心配しすぎだったのよ」

揃ってそう返事をする僕達を見て、母さんは笑って父さんの肩を叩いていた。

「ねえ、母さんってどんな魔法使いだったの？」

「どんな魔法使いって言われてもね……」

自分のことを言うのは恥ずかしいのか、父さんを弄《いじ》っていた母さんが言い淀む。

そこで、攻守交替とばかりに母さんの代わりに父さんが口を開いた。

「シエラは無駄なく魔物を倒すのが上手だったな。最小限の魔法を的確に使って、敵を倒し、支援していた」

「それってすごいの？」

「魔法使いは魔力の運用が命だからな。無駄なく最後まで戦い抜けるシエラの戦い方は魔法使いの理想の一つといってもいいだろう」

「まあ、私はそれほど魔力が多い方じゃなかったからね。節約していかないとやっていけないのよ」

父さんの言葉を聞いて、素っ気ないようにしているが口元がにやけているので褒められて嬉しいのだろう。

母さんは、なんてことのないように言うが、きっとそれが魔法使いにとって難しいに違いない。

「へー。で、なんで父さんと結婚しようと思ったの？」

レティが本命とばかりに直球に尋ねた。

それを僕も気になるところだ。

「えー、それ言わなきゃダメ？」

「俺も聞いてみたい」

父さんも具体的な言葉を聞いてみたいのだろう。真剣な眼差しを母さんに向けている。

母さんは恥ずかしそうに頬を染めると、

「……その、何度も魔物から守ってもらって、この人なら自分を守ってくれるって思っちゃったのよ」

「そ、そうか」

母さんのか細い声を聞いて、父さんが照れ、レティが興奮したような声を上げた。

「意外だ。母さんにそんな可愛らしい面があったなんて」

「失礼ね。魔物に襲われるのがどれだけ怖いかわからないから、あんたはそんな呑気な台詞が言えるのよ」

僕が率直に思ったことを言うと、母さんが不機嫌そうにしながら頬をつねった。

結構強めに握られていて痛いです。

生憎《あいにく》と僕は平和に過ごすのがモットーだから、危険な魔物がいる場所には行かない主義だ。

母さんの気持ちは一生わからないかもしれない。

だけど、父さんと母さんの過去が知れたのは、とても大きな収穫だった。

午後の苺パイ

Tensei shitara yadoya no musuko deshita

「ふわぁ……」

宿屋の受付に座る僕は、呑気に大きな欠伸をかます。

庭掃除だとか玄関の掃除は昨日やったし、毎日やる必要はない。

そう、宿屋では昼すぎの時間が一番楽なのだ。

僕が今やっている仕事は受付としてテーブルに座るだけ。

うちの宿に泊まりにくる客をさばくだけの簡単な役割だ。とはいっても、こんな真っ昼間に訪れる客が多いわけもない。

「ちょっと寝ようか」

僕はそれをいいことに、思う存分受付で惰眠を貪ることにした。

「ああ！　トーリってば受付なのにサボってる！」

テーブルに突っ伏してしばらく眠っていると、甲高《かんだか》い少女の声が響く。

聞き覚えのあるその声の方に顔を上げてみると、そこには予想通りの人物がいた。

赤い髪を後ろにアップで纏めた少女。

燃えるような赤い瞳と整った細い眉は、その子の表情を凛々《りり》しく見せ、陽気な印象を相手に抱かせる。

身長は僕と同じ百五十センチくらい。うちと同じ宿屋で働いている幼馴染のアイラだ。

「サボってないよ。時間を有意義に使っているだけだよ。アイラこそ、宿の仕事はいいの？」

「私は今日お休みだからね」

アイラの服装を見てみれば、普段働くエプロン姿ではなく白いカッターシャツに緑のスカートという服装だった。

「くそ、こっちは朝から忙しく働いていたというのに、そちらは休日とは羨ましい」

「えへへ、羨ましいでしょう」

歯噛みする表情の僕を見て、アイラがニシシと笑う。

母さんのような柔らかい表情ではなく、そんな陽気な笑い方が似合うのはアイラの魅力だ。

看板娘と言われても文句はないな。

「あら、アイラちゃんいらっしゃい」

僕がそんな風に納得していると、二階から降りてきた母さんがアイラに声をかけた。

「どうもシエラさん。お邪魔してます」

「別にいいわよ。ご覧の通り、今は宿も落ち着いているから」

まったくその通りで。お陰様でこちらはのんびりやらせて頂いています。

「あっ、アイラお姉ちゃんだ！　今度はこっちに来てくれたの？」

「ええ、今度は私が遊びにきたわ」

「でも、随分とめかし込んでいるね」

「そりゃ、家と外では格好も違うわよ」

レティが遊びに行っていたのは朝だしな。

休日の朝といえば、女の子でも油断しているのが常だ。家にいる時と外にいる時の格好が違うのは当然だろう。

僕はレティとアイラの言葉を聞かなかったことにしていると、入り口からお客さんが入ってきた。

例え休日であっても、仕事が緩やかであっても皆宿屋の従業員。

アイラ達は受付付近での会話を即座にやめて、それとない動作で端っこに寄っていった。

僕は受付へとやってきた女性に定番通りの言葉をかける。

「いらっしゃい」

「一泊いくらだ？」

キリリとした顔立ちをした真面目そうな女性だ。

口調からして事務的に作業を終わらせたい雰囲気が出ていたので、僕もスムーズに進むように回答する。

「一人部屋なら朝食付きで千五百メリルですよ」

「わかった」

僕の言葉に頷いた女性は、懐から銀貨一枚、銅貨五枚を差し出した。

この世界の貨幣は、白金貨、金貨、銀貨、銅貨、賤貨という硬貨でのやり取りが基本だ。

値段は上から十万、一万、千、百、十というのが日本円での単位。ちなみにここでは円とは言わず、メリルと呼称する。

千五百メリル。これがうちの宿屋での一泊の料金だ。これに洗濯など、料理、お湯や蝋燭などを追加していくことで値段は上がっていく。

まあ、宿屋の中では安い方の値段だ。

父さんの料理は美味しいし、うちの宿はボロくない。

本当はもう少し値段を高く設定する方がいいのだが、父さんは昔冒険者だった時代がある。

その時は、料理が美味くて安い宿屋が少なかったらしく、父さんは駆け出しの冒険者でも長く泊まれるような値段に設定しているのだ。

そんなお陰かうちの宿屋は安くて料理が美味《うま》くて居心地がいいという三拍子の評価を貰っており、中々の人気ぶりだ。

僕としては、もう少し客足が少なくてもいいと思うんだけどね。忙しいし。

女性客から銀貨と銅貨を受け取った僕は、紙を差し出す。

「ここに名前を書いてください。代筆は必要ですか？」

「いや、いい。自分で書ける」

この世界はそれほど識字率が高くないからな。文字が読めない、書けないという人も結構多い。自分の名前くらいなら読める、書けるという人は結構いるけど。

それを思うと前世の教育レベルは非常に高く、浸透していたことがわかるなぁ。

僕が感慨深く思っている間に、女性はレミリアと紙に名前を書いた。

それを確認した僕は、受付テーブルの引き出しから鍵を取り出す。

「それじゃあ、奥の階段を上がって二階の二〇一の部屋です」

「わかった」

鍵を受け取ると、奥へと進んで階段を上がる女性。

まるで騎士と話をしているかのようだったな。

室内を見渡すとアイラとレティ、母さん達は席に座って楽しそうに会話している。

すると、二階で眠っていたナタリアも起きてきたのか女性陣に混ざって会話をしだした。

完全に女子会である。もはや、男である僕がそこに混ざることは不可能。

僕は華《はな》やかな女子達の会話に癒されながら、ボーッと受付で座る。

この穏やかな時間が一番好きだ。一人ではなく、周りでは楽しそうな声がずっと響いていて。

前世も、今みたいにゆっくりとした時間を過ごせたら幸せだったのだろうと心底思う。

「はい、トーリにもお裾分け！」

しみじみと思っていると、アイラが横から苺のパイが乗った皿を置いてきた。

香ばしく焼けたパイの香りがし、パイ生地の隙間からは真っ赤な苺がぎっしりと詰められているのが見えた。

「おお、僕にもくれるの？」

「トーリだけ省いたら可哀想だからね！」

アイラはそう言って笑うと、厨房の方へと歩いていく。

「あれ？　アイラ、そっちは厨房だよ？」

「何度も来てるから知ってるわよ。ジュースを貰いにいくの！」

「何でアイラが？　……ああ、アイラが行くと、父さん客人扱いして店の食材を使うからか」

「その通り！」

母さんかレティが教えたのだろう。テーブルの方を見ると、二人がニシシと悪い笑みを浮かべている。

そうやって打算的なことを考えながらも、厨房にいる父さんの分までパイを持っていってあげるアイラは優しいな。

目の前にある苺パイを手に取って口へと運ぶ。

噛むとパイ生地のふんわりとしつつ、サクッとした食感が同時に広がる。口の中に香ばしいパイの味が広がり、中からトロリと甘いシロップと苺の味がこぼれ出た。

うーん、甘さと苺の酸味がちょうどいい。

甘いものがそれほど得意でない僕でも、これならたくさん食べられそうだ。

僕はあまりの美味しさにガツガツと苺パイを食べ進める。切り分けられたパイはあっという間に僕の胃袋に収まり、皿の上から綺麗になくなっていた。

「はい、トーリ。フルーツジュースよ――って、もうなくなったのね」

「美味しかったからすぐになくなっちゃったよ。ありがとう」

「そう。なら、よかったわ」

僕がお礼を言いと、アイラはどこか照れた様子でレティ達の方へと戻っていった。

ハンモックを作ろう

Tensei shitara yadoya no musuko deshita

受付を母さんと交代した僕は、中庭に植えられてある木を見て思う。

「この木を利用したらハンモックが作れるのではないだろうか？」

中庭の端っこにある木々は、外から無暗に建物が見えることを防ぐためなのか等間隔で木が植えられている。

それはちょうど人が寝転がれるくらいの幅で、ハンモックでも吊るせば優雅な昼寝が楽しめそうであった。

木々も太くて丈夫そうだし、これはハンモックを作るべきではないだろうか。

天啓を得た僕は、すぐさま行動に移した。

宿屋に戻って階段を上がり、四階の物置となっている部屋へと入る。

「……確か、この辺に物を縛るためのロープがあったはず……あった」

十分な長さのロープだな。これだけの長さがあれば全部ロープだけのハンモックだって作れてしまえそうだが、さすがにそこまでの知識と技量はない。

僕は精々簡易的なハンモックを作れるくらいだ。

友人の家にハンモックがあってそのお洒落さから、自分の自宅で過去に作ったことがある。だから、簡単な物なら僕は作れる。

寝転がる部分は古い布にしてしまえばいい。だけど、そんな大きな布はないから古くなったカーテンを使うことにしよう。

大きい布であれば何でもいいのだ。確かこれは最後にきちんと洗ったはずだし、問題ないな。

ロープと古いカーテンを持ち出した僕は、早速と一階へと降りる。

「トーリ、そんな古いカーテンとロープを持ち出してどうするの？」

「ちょっとハンモックを作る」

「はぁ？　はんもっく？」

疑問の声を上げる母さんをスルーして、中庭へと出た。

手頃な木の枝に二つ折りにしたロープを回して、輪になった方にロープを入れてぎゅっと結ぶ。結び目から出た輪っかに古いカーテンの端を通して結びつけ、ロープを引っ張ると、ギューッと締まって固定された。後はそれを反対側の木でやるだけ。ロープの結び目をいじって、ハンモックの高さを調節してやると完成だ。

中庭の端っこに、お洒落なハンモックが出来上がった。

空中に浮かんでいるハンモックに足を乗せて、そのまま寝転がる。

最初は少し不安定だったが、すぐに心地よい揺れになった。

僕の身体がカーテンとロープに支えられて宙に浮かぶ。自分の身体を受け止めてくれるような感触がとても心地いい。

空を見上げると青々とした葉っぱと、青い空が広がっていた。

「うーん、木陰の下でハンモックを作って寝転がるのは最高だな」

前世の会社で寝泊まりする時も椅子や床で寝るのではなく、ハンモックでも吊るして眠れば良かった。なんてことを本気で思ってしまうくらいだ。

そんなことを考えていると、入り口の方からガシャガシャと金属同士が擦れる音がした。

この音は間違いない。ウルガスが帰ってきたのだろう。

チラリと入り口の方を見ると、玄関に入ろうとしたウルガスがこちらに視線を向けているところだった。

ウルガスはじーっと僕を見つめる。いや、正確には僕の下にあるハンモックを。

害はないとわかっているのだが、全身鎧姿のウルガスにマジマジと見られると少し怖いな。

ウルガスはしばらく無言でこちらを見ると、ゆっくりと寄ってきた。

「どうしたのウルガス？」

「…………」

僕が尋ねるがウルガスは何も反応しない。

怪訝《けげん》に思っていると、ウルガスがハンモックに乗っている僕の身体を軽く手で押した。

ハンモックの上に乗っている僕は、手で押されることによって左右に揺れる。

勿論、手で軽く押されたくらいでは落っこちやしないし、千切れもしない。

意外とロープというのは頑丈にできているのだ。

ウルガスはそのまま僕を二度三度揺らす。それからゆっくりと手を離して、今度は自分を指さした。

「えっと、ウルガスも乗りたいの？」

「…………」

僕がそう言うと、ウルガスはコクリコクリと兜を上下に振る。

いつもよりも頷く回数が多いし、速いな。兜越しで素顔は見ることができないが、どことなく仕草から興奮しているように思える。

これが中身が女性であれば可愛いのだが、むさ苦しいおっさんという可能性もある。

まあ、それはおいておいてだ。

「うーん、さすがに全身鎧を着たままだと厳しいかな。ほら、そういう鎧とかって、かなり重いでしょ？」

「――っ⁉」

僕が無理であることを述べると、ウルガスはショックを受けたように固まる。

意外とショックを受けているんだな。そこまで乗ってみたかったのだろうか。

「うーん、鎧を脱げば大丈夫だと思うけど……」

チラリと視線を向けながら言ってみるも、ウルガスは激しく首を左右に振って否定する。

何故だかわからないけど鎧は絶対に外したくないと。

丈夫なロープで作っても、さすがに全身鎧の重さは厳しいな。ロープはいけても庭に植えてある木が心配だ。下手《へた》したら折れるかもしれない。

「部屋の中で鎧を脱げるなら、ウルガスの部屋に作ろうか？」

僕が提案してみると、ウルガスは喜ぶように首をブンブンと縦に振る。

それなら問題ないな。室内には服を引っかけるためのフックとか打ち込まれた釘なんかがいくつかあるはずだ。

恒久的に使うのは負担がかかってマズいが、ちょっとの間使うくらいなら問題ないだろう。

「それじゃあ用具をとってくるから先に部屋に行って待ってて」

僕はウルガスにそう言って玄関をくぐる。その前に釘を刺しておこう。

「ウルガス、木が折れるから乗っちゃダメだよ」

「――っ⁉」

僕が振り返って忠告すると、慌ててハンモックから離れるウルガスがいた。

今、乗ろうとしたな？

僕がじっとりとした視線を向けると、ウルガスはカクカクとした足取りで二階へと上がっていった。

どうやら意外とお茶目な部分もあるようだ。

ウルガスの新たな側面に驚きつつも、僕は四階の物置に向かった。

◆

「ウルガス、入っていい？」

先程と同じように古いカーテンとロープを持ち出した僕は、ウルガスの部屋をノックする。

すると、中でガシャガシャと音が鳴り、扉の鍵が開けられた。

扉が空いて隙間から兜が出てくる。

おお、扉の隙間から兜が出てくると怖いな。真夜中とかだと思わず叫んでしまいそうだ。

ウルガスは僕の姿を確認すると、扉を開けて中へと促してくれる。

「お邪魔しまーす」

ここが自分の家が所有する部屋であるとわかっていても、思わず言ってしまう。

他の客が部屋にいる状態で入ったことは何度もあるが、地味にウルガスが部屋にいる状態で入るのは始めてだな。いない時に掃除は何度もしたことはあるけど。

ウルガスが泊っている部屋は一人部屋にしては少し広め。家具は基本である机、椅子、タンス、クローゼット、洗面台、暖炉と一般的なものだ。

長期滞在客なら私物を入れたりするのだが、ウルガスはほとんどそれをしない。代わりに室内には鎧の手入れ道具や予備の兜、ナイフや剣といったものが多く置かれているため生活感は一応あるな。

タンスやクローゼットの上に所々小物や花が置かれているのが可愛らしいな。

さてと、ハンモックであるがどこにかけようか。とはいっても、ロープをかけるフックが今のところ右側と窓の上にしかないので、そこにかけるしかないな。

「窓の上にあるフックと右側の壁にあるフックを使って、斜めにかけようと思うけどいいかな？　ちょっとタンスをずらさないとダメだけど」

そう言うとウルガスは即座に移動して、設置されているタンスを持ち上げてこちらを見る。

これはどこまでずらせばいいと問うているのだろうか？　というか物が入っているタン

スはかなり重いはずだけど……まあ、今はそんなことはどうでもいいか。

「ここら辺までずらせば大丈夫かな」

僕が指さしてあげると、ウルガスはこくりと頷いてからタンスを置いた。

それが終わると、僕は早速ハンモックの製作にかかる。

とはいってもさっきと同じことをやるだけで、さほど時間もかからないが、ウルガスは僕が作る様子を興味深そうに見ていた。

ウルガスも覚えておけば野外で丈夫な木を見つけた時に作れるかもしれない。そう思って僕は作り方を説明し、ウルガスに手伝ってもらいながらもハンモックを作った。

想定よりも少し時間はかかったものの、室内ハンモックが完成だ。

ウルガスがワクワクとしている中、強度を確かめるために僕が一度寝転がってみる。

うん、問題なく寝転がれるな。僕よりも身体が大きいウルガスでも、さすがフックが抜けたり、壁が剥《は》がれたりはしない……と思う。

「うん、これなら大丈夫だよ。簡易的なものだから飛び乗ったり、重い物を乗せたり無茶な使い方はしないでね」

僕が飛び降りて念を押すように言うと、ウルガスは頷く。

その様子はどこか玩具を与えられた子供のようで可愛らしかった。

それからウルガスはどこかソワソワした様子で、ハンモックと僕に視線をやる。

さすがに意味を察せない僕ではない。

「ああ、僕がいると鎧を脱げないもんね。じゃあ、僕は部屋から出るから」

そう言って背中を向けると、ウルガスがちょんちょんと肩を叩いてきた。

思わず振り返るとウルガスの大きな手があり、そこには小さな革袋が乗っていた。

疑問に思いつつも手に取って中を見ると、そこにはいくつもの金貨と銀貨が入っていた。

「これ全部くれるの？」

僕が尋ねると、ウルガスはそうだとばかりに頷く。

働いた対価にお金を貰えるのは嬉しいけど、ロープと古いカーテンを使った簡易ハンモックだけでこれは貰いすぎだ。

「さすがにこれは多いよ」

「………」

僕が金額が多いことを指摘すると、ウルガスは困ったような雰囲気を出す。

それからウルガスは部屋に置いてあった紙とペンを手に取り、勢いよく書き殴った。

それからウルガスは僕に見えるように紙を見せてくる。

『知識は財産。トーリの教えてくれた物は凄く有用だ。外でも簡易的な寝所を作ることができる素晴らしいもの』

つまり、僕のハンモックはそれほど外で生きる人にとっては凄い知識ということなのだろうか？　とはいっても、僕からすれば前世の物をそのまま再現しただけなので、ウルガスから称賛されるような人物じゃない。

「材料費と人件費で銀貨三枚。まあ、これでも多く取りすぎているけどね」

銀貨三枚を取りながら笑うと、ウルガスは明らかに戸惑った様子を見せる。

それから金貨を何枚も持って、もっともっとジェスチャーしてくる。

「いいよ。これくらいで。その代わり、ウルガスがハンモックの良さを皆にも勧めてあげて」

それでも僕が遠慮すると、ウルガスは納得したのかゆっくりと頷いた。

「それじゃあ、また何かあったら言ってね」

そうやって僕は今度こそ部屋を退出。

すると部屋の中から鎧を外すような音がした。僕は興味本位から覗きたくなったが、止めておいた。

お客のプライバシーを守るのも重要だし、どうせならウルガスの意思で見せてほしいからね。さて、僕も中庭に設置したハンモックで優雅にお昼寝といきますか。

「…………」

その後、中庭へと戻ると僕の作ったハンモックの上でレミリアとかいう女性客が眠りこけていた。

肉屋の息子

ハンモックがお客に占拠されていたので、仕方なく諦めて自分の部屋で寝転がっていると梯子の下から父さんの声が聞こえてきた。

「おーい、トーリ！　夕食の買い出しに市場に行くから付いてきてくれ」

「えー？　もうそんな時間？」

「もうそんな時間だ。今日は買う物がたくさんあるし、トーリも手伝ってくれ」

「はーい」

もう少し休憩していたかったのだが、仕方がないな。

外を歩くのもいい気分転換になるし、ここで掃除をやらされたりするよりもずっと楽だろう。

そう思い、僕はのっそりとベッドから這い出て四階へと降りる。

せっかちな父さんはもう一階へと降りて行っているようで、僕も慌てて一階へと降りた。

「よし、行くか」

「あれ？　トーリとアベルさん、どこか行くの？」

父さんがそう声を発したところに、アイラが尋ねてくる。

「夕食のための買い出しだよ」

「あっ、じゃあ私も行く！　いくつかおつかい頼まれていたから！」

アイラも市場に用があったのか、椅子から立ち上がって玄関の方へやってくる。

「じゃあ、私も！」

同じくレティが立ち上がろうとするが、その腕は母さんに掴まれた。

「ダメよ。私とレティは受付と洗濯よ。家の洗濯物が溜まっているのよ」

「えー、さっきお客さんの服とか洗濯したばっかりなのにー」

母さんに却下《きゃっか》されて、テーブルの上でぐでっとするレティ。

頑張ってくれ。お客の分の仕事は終わっても、家族の分の仕事もあるのだ。

「レティの好きな果物買ってきてやるから頑張れ」

「本当？　ありがとう父さん！」

レティがにっこりと笑って礼を言うと、父さんがだらしなく笑う。

「まったくレティには甘いんだから」

「レティは可愛いんだから仕方ない」

「僕は？」

「…………」

うむうむと頷く父さんに視線をやると、父さんはさっと視線を逸《そ》らした。酷い。

「さあ、市場に向かうぞ！」

それから父さんは何事もなかったかのように元気な声を出して歩き出した。

「元気出して、トーリ」

アイラのその同情的な言葉が、僕とレティの可愛らしさの差を如実に語っていた。

◆

父さんとアイラと一緒に宿屋を出て、ルベラの街にある市場へ向かう。

地面は石畳が敷き詰められており、大通りのお陰か道幅は広い。石やレンガで作られた建物が多く、時々木造の建物もある。大通りに沿うようにズラリと奥まで並んでいる建物はほとんどが店だ。

衣服や野菜屋、靴屋といった身近なものから、ファンタジーのような世界でしかお目にかかれない鍛冶屋、武具屋といったものまである。

それらが雑多に入り混じった大通りはいつも賑やかで、値段を交渉する声や客を呼び込む声などでいつも溢れ返っている。

時折道を走る馬車や、大勢の人の波ではぐれないようにしながら僕達は、大通りから少し外れた道へと入る。

大通りから外れると道幅が狭くなる。

しかし、そこには多くの簡易的な店が並んでおり、木箱に詰められて多くの果実や果物が並べられたり、牛や豚、鳥といった肉が陳列されている。大通りよりも雑多な印象だ。

ここがルベラの街で多くの食材が集まる市場だ。

ルベラの街は、決して大きな街ではないが周りには大小様々な村や集落に囲まれている。

村人が畑で育てた野菜を売りに来たりするので新鮮な野菜などが簡単に手に入るのだ。

それを目当てに行商人や商人が多く集まるので、さらに人や食材が集まるというわけだ。

「今日も色々なものが売ってるわね」

「そうだね。何年もここに通っているけど未だに見たことがない食材もあるよね」

この世界は魔物や動物、魚、植物といったものが桁違いに多い。そうなると当然食べられる食材も桁違いに多くなるわけだ。

しかも、この世界にいる冒険者や研究者、料理人が日々研究を重ねているお陰か、食べられないと思っていた食材が、とある調理法であれば食べられるってことも珍しくもない。

この世界に転生して十二年生きている僕だが、未だに食材を十分に覚えているとは言えないな。それくらい種類が多いのだ。

「父さん、今日の夕食のメニューは何にするの？」

「スープはクリームシチューとカブとキノコのスープにして、夜だしメインは肉系にしようと思う」

ルベラの街は海から少し距離がある。

魔法という便利な物があるお陰か冷凍して輸送してもらえるのだが、そのせいで費用がかかり魚は割高だ。

そんなこともあってか、ここ住む人は魚よりも肉派の人が多い。

それに一日働いてお腹を空かせているので、夜にはガツンと肉を食べたいと思う人がほとんどだ。

「何の肉にするの？」

「それはこれから見て決めようと思う」

ああ、これ結構長くなるパターンだ。

父さんは食材のことになると、結構悩むからね。

「アイラは何を買うの？」

「私は店のためにちょっとした調味料と果物や野菜を細々《こまごま》と買うだけよ。私はすぐに終わるからトーリとアベルさんに付いていくわ」

「わかった。じゃあ、まずは肉屋を見ていこう」

そんなわけで僕達は、夕食のメインを決めるために肉屋さんへと向かう。

肉屋へとたどり着くと、そこには綺麗に処理をされた様々な肉が吊るされている。

牛や豚とわかるものや、ぱっと見よくわからない肉まである。

地面には生きている鶏が檻《おり》に入れられており、時折鳴き声が聞こえてくる。

肉を切り分けて売っているせいか、少し血生臭いが、ここで生活しているとそれくらいは慣れるので誰も気にしない。鮮度は抜群だな。

「カルネス、今日は何の肉がオススメだ？」

「バカ野郎。俺が持ってくる肉は全部オススメだっての」

スキンヘッドの頭にちょび髭をしたガタイのいい男が、眉間にしわを寄せながら言う。

ここの店主のカルネスさんだ。

見た目がかなりいかついので、そのようなきつめの言葉と視線を向けられるとビビるのだが、長い付き合いなので冗談だということはわかっている。

「まあ強《し》いて美味いのを挙げるなら、ブラックバッファローとエイグファングの魔物肉がいいと思うぜ」

「おお、魔物肉か！」

肉屋のカルネスがデカい肉の塊を指さす。

このデカい肉は何だと思っていたが、どうやら魔物の肉だったらしい。

ブラックバッファローは牛系の魔物だ。

普通の牛よりも強靭《きょうじん》な肉体をしているお陰か、とても身が引き締まっていて弾力がある。

噛むとたくさんの肉汁が溢れ出て、普通の肉より少し割高だが、とても人気のある魔物肉だ。

それに対するエイグファングは知らないな。多分イノシシ系の魔物だと思うが食べたことはない。

「うーん、ブラックバッファローとエイグファングの肉。どっちにするべきか……」

二つの肉の塊を交互に見ながら唸り声を上げる父さん。

「僕はエイグファングの肉がいいな。こっちは食べたことがないし」

「おお、そうか？　トーリはエイグファングの肉を食べたことがなかったか？」

「うん、食べたことないよ」

普通のイノシシの肉なら何度も食べたことあるけどね。

「ちなみに私のところの宿屋は、ブラックバッファローの肉を使うよ」

「そっちはブラックバッファローの肉か！　なら、こっちは被らないようにエイグファングの肉にするか！」

うちとアイラの宿屋は割と近くだからな。こうして夕食のメニューを被らないように相談したりもしている。

近所にある宿屋がどちらも同じメニューだったら、客も嫌だからな。

「じゃあ、エイグファングの肉に決まりだな！」

僕達の会話を聞いて、カルネスさんがパンと手を叩いた。

「おい、カルロ。お前が切れ」

「わかった」

カルネスさんが店の方に声をかけると、奥の方からぽっちゃりとした茶髪の少年が出てきた。柔らかそうな顔立ちに翡翠色の瞳、頬にあるそばかすが特徴的な少年。

「おー、カルロ。いたんだ」

「あっ、トーリとアイラ来てたんだ」

俺が声をかけるとカルロは目を丸くして驚く。

カルロはカルネスさんの息子であり、僕とアイラと同年代、友達だ。

肉を買う時は、カルネスさんの肉屋を利用することが多かったので、同年代の僕達は自然と仲良くなった。

「今日はエイグファングの肉を使うの？」

「うん、シチューに入れたり、ステーキに使ったりすると思う」

「ああー、いいよね。エイグファングの肉は食べ応えあるからね。どっちも美味しくなるよ」

「おい、カルロ。雑談もいいが、そろそろ切ってくれ」

どうやら父さんがどの部位を、どれくらい買うか決めたようだ。

「ごめんね、仕事やんないといけないから、また今度ゆっくり時間とれた時にね」

「ああ、邪魔してごめんね」

カルロは今店で働いているし、僕達だって肉を買ったら次に行かないといけない。

名残惜しいがゆっくりと喋るのはまた今度にしよう。

僕とアイラはカルロの邪魔をしないように話しかけずに端から見守る。

父親であるカルネスさんが指示して、カルロが大きな包丁を使って肉を削いでいく。

「あいつって肉を切る時は結構引き締まった顔するよな」

「そうね。トーリも働く時はあれくらいシャキッとした方がいいんじゃない？」

「……僕は緩くのんびり働くのがモットーだから」

　アイラと雑談をしながら見ていると、肉のカットが終わったらしく父さんがお金を払って大きな革袋を受け取っていた。

「次は野菜とキノコだな」

　肉屋での買い物が終わるとカルロに手を振って、次は野菜売り場の方へと向かう。

　こちらもこちらで、前世でもおなじみの食材から、この世界特有のものまでたくさん並んでいる。木箱に詰められた野菜はどれも青々としていて、とても瑞々《みずみず》しいものばかりだ。

　野菜を目にした父さんは、瞳を厳しくしながら野菜を手に取って吟味《ぎんみ》し始める。

　少しでも新鮮そうな野菜を手に入れようとしているのだろう。

「トーリ、アイラ、こっちとこっちのキャロルはどっちが新鮮だと思う?」

　僕とアイラがぼんやりと他の野菜を眺めていると、父さんが聞いてきた。

　父さんが見せてきたのはキャロルという野菜。キャベツと似たような食材であるが、色は紫だし、葉っぱも柔らかいこの世界ならではの野菜だ。

「根元を見せて」

「ほらよ」

僕がそう言うと、父さんがニヤリと笑いながら裏側にある根元を見せてくれる。

根元部分を見ると、右側が白っぽく左側は少し灰色っぽい。

「僕から見て右側のキャロルの方が新鮮だね」

「私もそう思う！」

「正解だ！」

僕とレティがそう答えた瞬間、割り込むように声が響いた。

視線を向ければそこには黒髪に眼鏡をかけた真面目そうな少年が、エプロンを付けて立っている。

「キャロルは根元の部分が白いほど甘い！　確かめる時はこうやって根元を見るのが一番だ。葉っぱが反り返っていたり、黒い斑点があるものは古かったりするから気を付けるんだぞ！」

息もつかぬ怒涛《どとう》の勢いでキャロルについて説明しだしたのは、ハルト。

八百屋の息子であり、カルロと同じく同年代の友達だ。

「お、おう。俺が言おうとしたことは全部言われたな」

たまに父さんは、僕の目利きや知識を確かめるために聞いてくることがある。

こうして市場にくるのはただの荷物持ちだけではなく、勉強も兼ねているっていうことだ。

もっとも今回はハルトに全て解説されてしまったが。

「じゃあ、次だ。こっちのカブはどういうのが新鮮だ？」

「肌がきめ細やかでひび割れがなくつやつやしているもの。なおかつ、葉っぱは小ぶりのものの方が柔らかくて美味しい！」

僕とアイラが答えようとしたのだが、ハルトに全部言われてしまった。

「お、おう、完璧な回答だと思うが、今はトーリとアイラに答えさせようとしたんだが……」

「すいません！　野菜の特性を聞かれると反射的に答えてしまうんです！」

「まあ、お前の両親はそういう風に教育していたもんな」

ハルトの両親はこういう質問をして、幼い頃からハルトに野菜の知識を仕込んでいたらしいからな。まあ、こうなるのも仕方がないのかな？　いや、この家系が変態的なだけだと思うな。

「よし、じゃあ次の問いだ。ハルトは口を出すなよ？」

「……はい」

父さんが釘を刺すと露骨に残念そうにするハルト。

こいつこういう野菜とか食材の問いかけ好きだもんな。

「こっちのキノコの違いはわかるか？」

今度父さんが示したのは、木箱いっぱいに詰められた白いキノコだ。

初めて見るキノコだな。店でも使ったことのないキノコだ。

「え？　ここにあるのって一種類じゃないの？」

「いーや、二種類だ。中央から右と左側で種類が違う」

「嘘!?　全部同じように見えるんだけど!?」

「ははは、マルクも数の多いキノコ類は教え切れてないようだな」

僕とアイラの反応が面白いのか、父さんがそう言って笑う。

「ふぐー！　ふぐー！」

その横ではハルトが口を出そうとして、父さんに口を塞がれていた。

ハルトにはどうやらわかるらしい。凄く言いたそうにしている。

とはいえ、僕もこの世界にある不思議な食材を考察する時間は好きなので、大人しくしてもらおう。

んー……形状は普通のキノコそのものだな。カサが大きかったり、丸かったりしてるわけでもない。目立ったガラもないからすぐに違いがわからないな。

「あっ、これとかちょっと色が灰色っぽくない？」

「えー？　影のせいでそう見えるだけじゃないの？」

「そんなことはないわよ」

「でも、これとか凄く白いけど、少しだけ灰色が混ざってるやつもある。色は見分けるポイントとしては曖昧じゃない？」

「あ、本当だ」

同じものでも微妙に色が濃いとか薄いというのはよくあることだ。

「そうだな。見分けるポイントは色じゃないな」

となると、見た目ではないのかもしれない。

「ちゃんとよく見ろ！　二人共！　食材に失礼だろ！　裏の――ふごっ⁉」

「お前は黙ってろ」

ハルトが何かを叫ぼうとしたが、父さんがアイアンクローをすることで強制的に黙らされた。

「ちょっと触ってみてもいい？」

「ふごっ、ふごっ」

僕が尋ねると、ハルトは痛みに堪《た》えながら頷いた。

許可を得た僕とアイラは右側と左側のキノコを一つずつ手に取って、感触を確かめてみる。

触った感触はどちらも同じでツルツルとしたものだ。

どちらにも明確な違いがあるとは思えない。それはツバやツカの部分も同じだ。

全然わからないぞ。

アイラも同じ風に思ったのか、しきりに両方を見比べながら首を傾げている。

「わからないか。なら、しょうがないな」

「二人共、裏のひだをちゃんと見ろ！」

父さんが勿体ぶったように息を吐くと、アイアンクローを食らっているはずのハルトが叫んだ。

それを聞いた僕とアイラは、カサの裏にあるひだを見てみる。

「ヒダのラインが微妙に斜めになっているのがホワイトキノコ。まっすぐになっているのがプリムキノコだ！」

「えー！　なにそれ!?　微妙すぎるわよ！」

「……そう言われてみれば、ヒダのラインが微妙に違う気がする」

言われてみればの話で、本当に微妙にだ。

ちょっとした個性や癖なのではないかと思ってしまうような微妙な差。

「うーん、知識として知っていても見分けるのは難しそうね」

「下手をすると毒キノコと間違えそう」

「フッ、この俺がいる限り店に毒キノコなど並べるものか！」

僕が呟くと、ハルトが自信満々というか気迫のこもった表情で言い放った。

その台詞だけ聞いていると正義のヒーローみたいで少しカッコいい。ただの八百屋の息子だけど。

「ははは、それもそうだな。店にはハルトがいるから安心だな」

「ああ、だから野菜やキノコを買う時はうちの店で買え」

そして最後には自分の店のアピールまでするとは、相変わらず商魂たくましい。

「まったくお前は、俺が言うことを全部言いやがって」

「申し訳ない！　だが、反省はしていない！」

父親としての矜持《きょうじ》を示す機会がなかったからか、父さんがどこか拗《す》ねたように言う。

しかし、ハルトはそれを気にした風もなく、晴れやかな表情だった。

まあ、こいつが食材知識バカというのは皆が知っているしな。

買い物の終わり

Tensei shitara yadoya no musuko deshita

野菜やキノコ類の勉強が終わると、父さんは目星をつけた食材を買い込んだ。

それから父さんは、それぞれの店の店主や農家などと食材に関しての談義をし始めた。

チラリと見てみると、そこには当然のようにハルトも混ざっている。

「このトマトなんかは焼いた方が美味い。加熱することで甘みが増すんだ。チーズと野菜とパスタなんかと一緒に入れてグラタンにすると堪《たま》らん」

「おお、そうか！　早速今日のまかないで使ってみることにするぜ」

どうやら本日のまかないはグラタンらしい。

話を聞く限り、結構美味しそうなので楽しみだな。

「ねえ、トーリ。ちょっと、付いてきてくれる？　私の方も野菜は買ったけど、調味料とか果物はまだだから」

「そうだね。あっちは長くなりそうだし、アイラの買い物も済ませちゃおうか」

僕は父さんに一言《ひとこと》告げてから、アイラと共に行動をする。

必要な野菜は買ったようなので、後は調味料や果物を買うとのことだ。

それほど時間のかかるものではないな。

「すいません。砂糖をもらえますか？」

「この革袋の量で銀貨三枚だよ」

この世界での調味料は少し割高だ。だが、前世のように金と同じ価値があると言えるほど貴重ではない。

高品質な真っ白な砂糖ではないが、僕達庶民でも十分に変える値段だ。

勿論、違う国でしか手に入らないものや希少な物はバカ高いけどね。

「中を確認してもいいですか？」

「お嬢ちゃん、歳の割にしっかりしているね」

稀《まれ》にではあるが、砂糖や塩といった調味料は混ざりものがある時がある。

こういう市場では滅多にないが、裏路地辺りで売られているものは混ざりものが多い。

中を確認せずに買ったら、中身は違うものだった、上部分だけが本物で下部分はほとんど砂だった、という話もよく聞く。

こういう市場に出店している店は、勿論そんなことはしないだろうが、何事も確認は大事だ。

庶民でも買える値段とはいえ、割高なのは確かなのだし。

「はい、問題ありません。ありがとうございます」

きちんと中身を確かめたアイラは、銀貨三枚を店主に差し出した。

店主は中身を確認されたことを気にもせずに「毎度！」と笑顔で受け取った。

「さて、後は果物だけだね」

「そうね」

僕とアイラは移動し、アイラは買うべき果物を眺めている。

その間に僕は向かい側にある魔道具屋があったので、興味本位に覗いてみた。

魔道具とは魔法使いによって、魔法の力が込められた道具のことである。

魔物から取ることのできる魔石をエネルギー源にして、そこに魔法使いが魔法文字を描いてやることで魔法的な現象を引き起こせる、とっても便利な道具だ。

水を出す、火を起こすといった単純な仕組みなものはまだ庶民でも手に入る値段。

だが、攻撃的な魔法を発するものや、防御魔法を構築する複雑なものなどはかなりお高い。

安いもので金貨五十枚以上はするらしいので、僕のような庶民には一生縁のない代物《しろもの》だ。

まあ、僕は戦いたいわけでもない。のんびりと宿屋で働きながら楽しく過ごせればそれでいいので問題ない。

だけど、そんな僕にも欲しい魔道具はある。

それは長時間熱を発することができる魔道具や、温風または冷風を出せる魔道具だ。

これさえ、あれば暑い夏や寒い冬だってのんびりと過ごすことができるのだ。

特に冬なんかは壁が薄く、暖炉もない屋根裏部屋は寝るのは結構厳しいからな。

ぜひとも暖房効果のある魔道具を手に入れたいところだ。

僕は店に並べられた魔道具をチラリと見る。

温風を出せる魔道具。金貨六十枚。

冷風を出せる魔道具。金貨七十枚。

しかも、これに付属品として大きな魔石が必要になると、さらに金額は増える……。

とてもじゃないけど、うちでは買える値段のものではないな。

「まーた、魔道具見てるの？」

値段を考えてため息を吐《つ》いていると、買い物を終えたのかアイラがやってきた。

「そうだよ。この温風を出せる魔道具と冷風を出せる魔道具が欲しくてね」

僕がそう言いながら指さすと、アイラは値段を見てすぐに顔をしかめた。

「そんな高いものを私達が買えるわけないじゃない。そういうのはお金持ちの商人や貴族様が買う物よ」

「だけど、これさえあればもっと快適な睡眠ができるんだよ。暑い夏は冷風で部屋を涼しく。寒い冬は温風によって部屋を暖かく……っ！」

「トーリってば、変なところで拘るわよね」

僕が熱く語ると、アイラが微妙な表情でこちらを見る。

不便さも慣れれば平気だが、出来れば贅沢に過ごしたいと思うのが人間の心。

「快適なのんびりライフを過ごすためにも、やっぱり魔道具は欲しいよ」

人生に潤いを持たせるのに目標を持つことは悪いことではない。

この魔道具を買うことを目標に僕は頑張ろう。

勿論、前世のような無理な働き方はしない。

今世ではのんびりと働いてお金を稼ぐのだ。そうやって魔道具を手に入れることにしよう。

だけど、このままのんびりと働いていても魔道具が買えるのは遥か先。

何か儲ける方法を考えないといけないな。

「……そう、じゃあまずは、そのための一歩として果物屋に向かうべきね」

「どうして？」

のんびりライフと果物。どうすれば話が通じるのだろうか。

僕が怪訝な表情で見ると、アイラが呆れた表情をする。

「レティへのお土産。アベルさん、食材の話に熱中してすっかり忘れているわよ」

「……あっ」

僕も忘れていた。

このまま宿屋に帰っていたら、レティは不機嫌になり僕も困っていたところだ。

僕は魔道具屋を出て、急いでレティの好きな果物を買う。

快適な生活をするためにも、家族との約束を守ることも大事だからな。僕が約束したことではないんだけど、フォローはしておこう。

◆

「それじゃあ、私は帰るから！　夜も頑張るのよ、トーリ！」

「はいはい、気を付けてね」

買い出しを終えた僕と父さんはアイラを見送る。

「いやー、アイラも可愛くなったなー」

「そうだね」

人混みに消えていくアイラを見送りながら、父さんの言葉に同意する。

すると、父さんは僕の脇腹を小突きながら声を潜めて。

「……トーリ的にはどうなんだ？」

「どうとはどういうこと？」

さっき父さんの言葉に同意して可愛いって言ったじゃないか。

「むー、察しの悪い奴め。アイラを好きになったりしないのか？」

「えー、そうは言われても……」

確かにアイラは可愛いし、一緒にいても落ち着くけど、前世の影響かこの年齢でそういうことを考える気にならないんだよね。

「お前ももう十二歳だ。そろそろそういう恋の一つや二つがあってもいい歳だろ？」

そう、この世界では十六歳が成人年齢だ。

となると僕は前世でいう高校生近くの立場というわけだ。

父さんが恋愛について心配するのも当然の時期である。

だけど、僕としては家庭を持つことよりも、もっとのんびり働きながら楽しく過ごしていたいというのが本音である。

こんなことを父さんに言ったら怒られそうだから言わないけど。

「というか、恋が二つあることはよろしくないと思うけど？」

「はっ、何言ってんだ。俺が若い時には大勢の女に言い寄られたもので――」

「そのことは母さんも知ってるの？」

「おいちょっと待て！　男と男の会話を女に漏らすとかなしだろ⁉」

そんな感じに適当に話題を逸らしつつ、僕と父さんは宿屋に戻った。

見習い演劇女優

レティに父さんがお土産の果物を渡して機嫌を取ったら、僕達は厨房で夕食の仕込みに取り掛かる。

まずは今日買ってきた市場の野菜、キノコ、肉の下処理からだ。

エイグファングの肉の捌き方を父さんに見せてもらいながら、野菜を切ってクリームシチューを作っていく。いつもなら鶏肉を入れるのだが、今日はエイグファングの肉があるから、父さんが捌いた肉をそのままどっさりと入れる。

エイグファングの脂が溶け出して、厨房に濃厚なシチューの旨味が漂う。

「むっ！　これはエイグファングの肉ではないか⁉」

早速、帰ってきたばかりのミハエルに察知されてしまったらしい。母さんに詰め寄るミハエルの姿が見えた。

「わー！　いい匂い！」

「おっ、シチューか！」

「この匂いは肉も入ってるな！」

ミハエルだけでなくヘルミナ、シーク、ラルフの冒険者組もちょうど帰ってきたようだ。

「私、アベルさんのシチュー大好きなのよね！」

「最近はアベルさんじゃなくてトーリが作っているらしいぜ？」

「えっ、本当？」

ヘルミナが厨房を覗いてきたので、僕は軽く笑って手を振る。

「本当だ。トーリが作っているわね」

「というかアベルさんが切ってるどでかい肉は何だ？」

「……魔物の肉じゃねえか？」

賑やかな声と視線の中で僕はシチューを煮込み、父さんはカブとキノコのスープや、エイグファングの肉を使った料理などを仕上げていく。

夕方になると宿のお客がたくさん戻って来るからな。

夕食では酒を飲むお客が多いから、食事のオーダーもかなり増える。これくらいのメニューじゃあっという間に食い尽くされてしまうからな。もっともっと料理を作らなければいけない。

「トーリ、カブとキノコのスープも煮込んどいてくれ」

「はいよ」

とうとう父さんはスープの全てを僕に丸投げしたようだ。

僕は二つの巨大鍋の火加減をボーッと見ながら、時折父さんを手伝う。

そんなことをずーっとやっていると、徐々に窓から見える空が茜色に変化してきた。

空が暗くなれば、仕事の終わった街人が一気に押し寄せてくる。

厨房から出ていないのでよく様子はわからないが、食堂から聞こえる大勢の声やレティや母さんの案内の声を聞けば、満員に近いことは想像できるな。

「シエラさん！　エール五つ！」

「こっちのテーブルには六つだ！」

「はいよ！」

エールだけで十一個だ。それを客が頻繁にお代わりしてくるのだから、朝と昼とは忙しさが段違いになる。こうして母さんがエールをつぎに行っている間に、レティは他の客の注文に掴まったり、食事メニューについての質問を受けていたりした。

それを厨房口から大変そうだなーと眺めていると、レティが慌ててこちらにやってきた。

「お父さん！　もう料理出せる!?」

「おう！　出せるぞ！　ただエイグファングのステーキは火を通すのに時間がかかるから、それだけは注意してもらってくれ！　量も限りがあるし、早めにな！」

「わかった！」

父さんの言葉を聞いて、レティが食堂へと戻っていく。

「料理の注文を受け付けます！　エイグファングの肉は調理するのに時間がかかりますし、量も限りあるので早めにお願いします！」

「「いよっしゃあああああああああ！　飯だ！」」

レティの声を聞いて、客が野太い声を上げて合唱する。

「……あいつらもう酔ってるんじゃねえか？」

「料理を待っている間、ずっとエールばかり呑んでいたからね」

適当なツマミを食べさせていたけど、あんなにハイペースで呑んでたら酔っぱらうよね。

「……レティは大丈夫だろうか？　酔った奴がちょっかいかけないか心配だ」

まあ、レティは十歳の少女だしな。酒の入った男達の注文を受けさせるには少し心もとないな。

「でも、そろそろリコッタが来る時間じゃない？」

「そうだな。彼女が来たらレティを厨房に下げて、トーリと交代させよう」

「ちょっと、僕はどうなってもいいの？」

「誰がトーリに手を出すんだよ」

それが最善だとわかってはいるが、可愛い長男をもう少し気遣ってほしいと僕は思う。

「すいません、遅れました！」

僕と父さんがそんな言い合いをしていると、入り口から走って厨房口へとやってくる女性。赤い髪をセミロングで切り揃えており、肌は小麦色に焼けており健康的だ。

「はぁ、はぁ、劇団の練習が長引いてしまって……」

「構わねえから、奥の控室で着替えてきてくれ。レティを厨房に下げたいんだ」

「はい！」

父さんにそう言われて、リコッタは急いで控室へと移動する。

「着替え終わりました！」

「相変わらず早いね」

三十秒も経っていないのに、リコッタはうちの宿屋のウエイトレス姿に着替えていた。

「劇団で早着替えは必須の技能だからね！」

そう、彼女は演劇女優を目指している。日中は演劇団での稽古などをしており、こうして夕方になると忙しいうちのウエイトレスとして働いてくれるのだ。

「よし、じゃあ、二人共食堂の方へと行ってくれ。トーリはレティと交代だ」

「はい！」

「はーい」

厨房でスープを注いだりしている方が楽だったので、ずっと厨房にいたかったな。

「レティ、交代だよ」

「わかった！　奥から二番目とそこのテーブルが注文待ちだから行ってきて！」

レティはついでとばかりにテーブルにある空いた皿を下げると、的確に僕への仕事を振ってくれた。

「私が奥のテーブルに向かうね！」

リコッタが片方を受け持ってくれたので、僕は近い方のテーブルへと向かう。

「ご注文をお伺いしまーす」

「何だぁ？　レティちゃんはどこに行ったんだ？」

「厨房だけど？」

「どうせ注文するなら可愛い店員がよかったぜ」

僕がやってきたのが面白くないのか、途端にため息を吐く男性二人。

「まあまあ、レティが厨房に入ったってことは、これから料理を頼めばレティの手料理が食べられるってことだよ？　そう思えば、そっちも悪くないと思わない？」

「……それもそうだな。アベルのオヤジが注いだスープよりも、可愛いレティちゃんに注がれたスープの方が美味しいに決まってるもんな！」

「おい、トーリ！　レティちゃんのスープ一つだ！」

「そんなスープはないけど、カブとキノコのスープとエイグファングのクリームシチューならあるよ」

「じゃあ、それでいい！」

「はいはーい」

レティも多少の料理は作れるけど、そこまで美味くはない。作ったのもほとんど僕だが、お客にはレティが注いだという事実さえあれば、より美味しく感じられるしいいだろう。

「シエラさーん、エール四つ追加で！」

「わかったわ！」

僕が注文を厨房に伝えて、料理を運んでいるとリコッタがエールを入れている母さんに追加の注文を伝える。

普段から演劇をやっているお陰か、騒がしい食堂内であってもリコッタの声はとてもよく通るな。声の小さい僕にはできないので羨ましい。

リコッタは手慣れた動きで厨房口から料理を受け取り、男達が座った卓やテーブルに流れるように料理を置いていく。その際に愛想のいい笑顔を浮かべるのも忘れはしない。

そしてリコッタがテーブルから去るのに合わせて、男達がそのお尻へと手を伸ばすが、リコッタは華麗に腕を避《さ》けて、その手に持ったお盆で男達の頭頂部を叩いた。

「いてえ！」

「どうなってるんだ？　すぐ近くを通ったよな？　ふっと消えたぞ？」

さすがはリコッタ。ああいう客の対処方法も手慣れているな。

宵闇の胡蝶

Tensei shitara yadoya no musuko deshita

僕が厨房口で感心しながら見ていると、今度は違うテーブルでバンッという音が響く。

立ち上がったのはヘルミナ達とは違う、冒険者の男だ。

「ふざけんじゃねえぞこの野郎！　俺のステーキ食べやがって！」

「いいじゃねえか少しくらい！」

「少しじゃねえよ！　一口とか言いながら半分も食べやがって！」

喧嘩か？　トラブルか？　と不安に思ったが、ただのくだらない言い争いのようだ。

一口食べていいぜ。半分以上齧られる。キレる。といったような感じだろう。

呆れるような状況だが、冒険者達はなまじ迫力と力があるので近付くのも恐れ多いな。

「お兄ちゃん、喧嘩してる二人のところにエイグファングのサイコロステーキとシチューを持って行って」

「……あのピリピリした空間へ行ってこいと？」

「今はウェイターでしょ？　料理を運ばないと」

自分に関係ないからか、レティはそう言うと厨房に戻っていった。

「トーリ、ついでにエール二つもお願いね」

「そのまま母さんが持っていってくれればいいのに」

「か弱い乙女にあんな危ない場所に行けって言うの？」

こういう時に腕っぷしの強いはずの母が、何をほざいているというのか。

僕がそんな視線を込めても、母は行くつもりがないので仕方なく僕が持っていく。

料理を食われたから剣呑《けんのん》な空気になっているのだ。黙って料理を持っていけば、自然と空気も和《やわ》らいでいくだろう。

「なめてんのか？」

「ステーキ一つくらいでそんなに怒りやがって」

「ああんっ？」

「失礼しまーす！　エイグファングのサイコロステーキとシチュー二つ、エール二つでーす」

「「…………」」

男が相手の胸倉を掴んだところで僕が入ったせいだろうか、突き刺さるような視線を感じる。

食堂の空気が凍る中、僕は黙々と料理を配膳。

それが終わると丁寧に一礼してからテーブルを去った。

喧嘩するタイミングで料理と僕がやってきたもので、すっかり毒気が抜かれたのか冒険者の男はすんなりと椅子に座った。相手も特に騒ぎ立てる様子はない。

「すげえな、トーリ。よくあの雰囲気の中で料理を持っていけるよな」

「ああいうのは慣れているからね」

近くのテーブルにいるラルフに話しかけられて僕は苦笑いしながら答える。

僕が配膳するタイミングで胸倉とか掴み出すから、無駄に緊張したよ。本当は慣れてる慣れていないに構わず、ああいう場面にはでくわしたくないのが本音だよ。

こういうことがあるから夜のウエイトレスはレティにはやらせられないんだよなー。酒に酔った勢いで何をしでかしてくれるかわからないからな。

目まぐるしく注文と喚《わめ》き声が飛び交う中、しばらくウエイターとして働いていると急に食堂内ではやし立てるような声が響いた。

声の方へと視線を向けると、二階からナタリアが下りてきていた。

昼間のような薄着のドレスに寝癖のついた髪ではなく、黒と紫のシックなドレスに身を包み、しっかりと髪も梳《と》かされている仕事モードのナタリアだ。

娼婦であるナタリアは夜が領分なので、ちょうど今から働きに出かけるようだ。

昼間よりも美しさに磨きのかかった今の姿を見れば、男達が喜びの声を上げてしまうのも無理はないだろう。

美しく妖艶で隙のない佇まいをしているナタリアを見ていると、昼間とは別人なのではないだろうかと思ってしまうほどだ。

「ナタリア！　今夜相手してくれよぉ！」

「お店に行って予約してお金を払えば相手してあげるわ」

誰かが上げた言葉にナタリアは妖艶な笑顔を浮かべて言う。

「くっそ、俺じゃまだ無理だ！」

「宵闇の胡蝶で一晩ってなると金貨三十枚は吹っ飛ぶぞ」

「それにナタリアは人気だから半年は予約で埋まっているらしいぜ？」

ナタリアは知り合いの人に軽く挨拶をするとカツカツとヒールの音を鳴らして玄関へと向かう。

玄関口には娼館の護衛なのかはわからないが、スーツに身を包んだいかつい男性がやってきていた。

しかし、誰もがそれに気付かない。ナタリアの歩く姿に老若男女の誰もが目を奪われているからだ。

お客の中にはエールを呑もうと傾けて、そのまま胸元に溢《こぼ》してしまっている者もいる。

ナタリアはそのまま僕の方へとやって来ると、わざわざ屈みこんで頬にキスをしてきた。

「じゃあ、行ってくるわね」

「う、うん。行ってらっしゃい」

頬にキスをされたこと、いい香りがしたこと、顔が近くにやってきたこと。色々なことにパニックになりながらも僕は何とか声を絞り出して返事する。

すると、ナタリアはクスクスと笑い、護衛の男性を連れて外へと歩いていった。

そのまま呆然としていると、近くに座っていたラルフが杯をテーブルに叩きつけながら叫んだ。

「おらぁ！　トーリ！　皿と杯が空《から》だぞ⁉　邪魔だから持ってけ！」

「こっちもだ！　こんなに皿が溜まっていて邪魔なんだよ！」

「こっちはエールが零れちまったから拭いといてくれ」

ラルフの声に呼応するように、男性客の皆が僕だけに仕事を押し付けてくる。

急いで食べてまで僕に仕事を押し付けてこなくてもいいのに。

ナタリアの思わぬ置き土産《みやげ》のせいで忙殺される僕だった。

◆

「また明日もくるぜー！」

「はーい！　ありがとう！　明日も待ってるからね！」

リコッタが最後の客を送り出すと、食堂内が途端に静かになる。

夕食の時間が終わり、それぞれが帰路に着く時間帯。

客のピークを終えた宿屋では、夕食時と打って変わった静かさを迎えていた。

厨房では皿を洗う音が聞こえ、僕や母さん、リコッタは後片付けをしている。

この時間になると食事を出すことはないので、宿泊客も降りてくることはない。

夕食時の疲れがどっと押し寄せる中、僕は黙々と皿を片付けては厨房へと持っていく。

「トーリももう上がっていいぞ」

「そう？　わかった」

厨房へお皿を持っていくと父さんがもう上がっていいと言うので、僕は遠慮なく上がることにする。きっとこの後父さんは後片付けやら、朝食の仕込みやら大変だと思うが、子供はもう寝る時間だしな。

ちなみにレティはもうとっくに寝ている。十歳の少女だけあってか、両親もそこは気を遣っているようだ。

「ちなみに明日は弁当売りをさせるから早めに起きろよ」

「……へーい」

呻くように返事をしてから厨房を出る。

「父さんに上がっていいって言われたから、もう寝るね」

「トーリ、お疲れー」

「後はよろしくね。リコッタ」

「明日は早く起きるのよ？」

「はーい」

リコッタと母さんと短く言葉を交わして僕は四階へ上がり、さらに上の屋根裏部屋へと上がっていく。

ここまで来ると一階の物音はまったく聞こえない。

暗い室内を窓から差し込む星の光が仄《ほの》かに照らす。

僕は気怠い身体を動かしながら、着ていたエプロンを脱いでベッドへとダイブした。

「何だかんだ今日も働いたなー」

朝五時ぐらいに起きて、客が出ていく八時前まで。それから宿屋や室内の掃除、洗濯をして、受付をして昼寝。それが終わると昼食の配膳、夕食の買い出し、夕食の配膳……。

単純な計算では十時間ぐらいは働いているかな？

時間にしてみると多いように思えるが、途中で昼寝だってしているし、買い出しは遊びみたいなもの。仕事中暇な時もたくさんあるし、お客と雑談をする時間もある。前世のようにずっとデスクに座っていなければいけないとか、気を張らないといけないこともない。

朝早いっていうのが少しネックだけど、きちんと休みもあるし睡眠時間もたんまりとあるからね。

前世の仕事とは比べるべくもないよ。

やっぱり人間、ほどほどに働いてのんびり生きていくのがいいよね。

そう考えると、のんびりと働ける宿屋の仕事も悪くないよ。

何があっても健康は損なわない程度にする。これが今の僕には絶対かな。

ハンバーグサンド

「ほら、トーリ起きろ」

聞き覚えのある声と共に身体を揺らされて、僕は目を覚ます。

視界いっぱいに父さんの顔が広がる。魔道ランプで室内を照らしているせいで、彫りの深い顔立ちがモアイみたいに強調されている。

「うわっ！　出た！」

「誰が出ただ。ほら、さっさと起きろ」

父さんに頭を軽く叩かれながら、僕は視線を窓へと向ける。

そこには光を受けて明るく輝くカーテンはない。というか室内は依然として暗いままで、はっきり言うと夜だ。朝早い宿屋の息子が起きるにしろ、早すぎる時間帯だ。

「父さん、まだ早いよ？」

「……今日は弁当売りだから早く起きろって言ったよな？」

「お、おお。そういえばそんなことを昨日言っていた気がする……」

釘を刺すように言われたけど、眠ったら綺麗に忘れていた。というか目覚まし時計もないこの世界で、そんな風に急に早起きするのは無理だと思うんだ。

「はぁ……とりあえず着替えたら、さっさと厨房に降りてこい。ランプはここに置いておいてやるから」

「はーい」

ここで二度寝とかしたら、今度こそ怒られるんだろうな。

二度寝は至福だからやっておきたいんだけど、それは洒落にならないよな？　いや、でも、こうやって寝転んで微睡《まどろ》むくらいなら父さんも許してくれ――。

「二度寝すんなよ」

などと考えていると、下に降りたと思っていた父さんが梯子から半分顔を出してこちらを覗いていた。妙に怖い。

「はい」

僕は即座に返事をすると、ベッドから降りて着替えを始めた。

◆

「今日はトーリに馬車の待合所で弁当を売ってもらう。せっかくだし、トーリも一種類弁当を作れ！」

厨房に降りるなり、唐突に父さんからそう告げられた。

「食材は何でもいいの？」

「銅貨三枚の値段で収まるのであれば、ここにある食材を使っていいぞ！」

うちの弁当は高くて銅貨三枚だからな。基本的にはこれを下回る値段で提供できるように料理を作れということか。

それならちょうど昨日ラルフから催促されたことだし、ハンバーグでも作ってあげるか。

そう決めた僕は、早速料理に取り掛かる。タマネギをみじん切りにして、少しの油を入れたフライパンで熱していく。水分が抜けて茶色くなってきたら、器に移して粗熱《あらねつ》を取る。

それが終わると、次はエイグファングの肉の余りを手に取る。

こいつの美味しさは昨日知ったので、どうせならこれを挽き肉にしてあげよう。

そう思った僕はエイグファングの肉を包丁で叩いてミンチにしていく。

トントントンとリズミカルな包丁の音が、静かな厨房に響いていく。

「……あれか。この間も作っていたハンバーグとやらか」

「そうだよ」

僕が取り掛かった料理に得心がいったのか、父さんも他の弁当の料理に入るようだ。

その間、僕はひたすらにエイグファングの肉を叩いて細かくしていく。

味のある挽き肉が完成すると、早速それに塩胡椒を加えて混ぜていく。

粘りが出るようになればタマネギ、卵を加えて均等に混ぜる。

タネの基本ができると、ハンバーグを手でこねてしっかりと空気を抜いてあげる。

この時に空気を抜いてやると、後でひび割れにくくなるのでポイントだ。

分厚くなりすぎないように調整して作ったら、早速フライパンに投入だ。

真ん中を少しへこませつつ、強火で焼いていく。それぞれの表面に十分な火が通ったら火を弱めて、フライパンに蓋をしてじっくりと蒸し焼きにしていく。

ハンバーグに火が通るのを待っていると、実に美味しそうな香りがしてきた。

蓋を開けて確認すると、中までしっかりと火が通っていた様子なので火から下ろす。

それからキャベツを千切りにし、ハンバーグと一緒に肉汁を絡めながら食パンで挟めば完成だな。後は弁当に入れやすいように切って、詰めてやれば問題ない。

「おっ、できたのか。一つくれよ」

僕がハンバーグサンドを詰めやすいように切っていると、父さんがひょいと掴んだ。

そして口の中に放り込むなり、父さんはカッと目を見開いた。

「うおっ！　パンと合うな！」

どれ、朝食もまだなことだし僕も味見をしてみるか。

驚く父さんをよそに僕もハンバーグサンドを口に運ぶ。

濃厚な肉の味がするエイグファングのハンバーグが美味しい。単品で食べれば味が強いハンバーグだが、柔らかな食パンと千切りキャベツが見事に肉汁を受け止めており、ほどよく中和してくれている。

「……これ、もっと時間を置いたらパンが肉汁を吸収して美味くなるんじゃねえか？」

「父さんも気付いた？　そう、これは冷めても美味しい。いや、むしろ時間を置いた方が美味しくなる組み合わせなんだよ」

カツサンドとかと一緒だ。濃厚な肉汁のソースがパンとキャベツに染み込んだ方がより美味しくなる。そんな一品だ。

最初に食べてそれに気付いてしまうとは、さすがは父さんだ。

「……これならうちの弁当として出しても問題ないな。よし、もっと作れ！」

◆

朝から大量のハンバーグサンドを作った僕は、ルベラの街の南側にある荷馬車の待合所である広場に来ていた。

広場では今日も荷馬車がたくさん並んでおり、あちこちの村や街へと人や荷物を運ぶために準備している。人々はそれに乗じてお金を払い、目的の場所へと向かうのだ。

そして僕はその人や、よそからやってくる人を目当てにお弁当を売るというわけだ。

「あっ、トーリもお弁当を売りにきたの？」

今日はどこでお弁当を売ろうかと考えていると、アイラが声をかけてきた。

その姿は甲子園の売り子のように蓋のない箱を抱えて肩から下げている。番重《ばんじゅう》を持っているようなスタイルだ。弁当を木箱で詰めていちいち売るのが面倒臭かったので、僕がやってみたらあっという間に浸透してしまったものだ。

今ではここに弁当を売りにきている人々は皆このスタイル。何かファンタジー感漂う異世界に、昭和のようなスタイルを浸透させてしまったようで少し申し訳なく思う。

「そうだよ。今日は父さんが、僕も弁当を一つ作れとか言ってきたせいで早起きだよ」

「トーリが弁当を作ったの？　どんなの？」

「ハンバーグサンドだよ」

「はんばーぐサンド？　サンドイッチみたいなものかしら？」

僕が言うと、アイラが首を傾げて言う。

「あれ？　アイラにはハンバーグを食べさせたことがなかったっけ？」

「トーリの手料理なんてほとんど食べたことないわよ」

ああ、そうか。レティや母さんは食べてくれることがあるから、アイラも食べたことがあると思っていた。

「そっちは何のお弁当？」

「ブラックバッファローの肉を使ったサンドイッチ。まあ、昨日の余りね。日持ちと腹持ちを考えればパンと一緒に食べようってなるのは当たり前よね」

お客さんからすれば、どこもかしこもサンドイッチでつまらなく思ってしまうかもしれないが、そこは個人の工夫でどうにかするしかないな。

「ねえ、お互いのお弁当を一つ交換しましょうよ」

「いいね。僕、ブラックバッファローの肉が食べたいと思っていたんだ」

「一応聞くけど、はんばーぐってどんな料理なの？」

「肉を細かくミンチにして、手でこねて焼いた肉料理だよ」

僕がハンバーグがどんなものか説明すると、アイラが表情を険しくしていく。

「……それ大丈夫なの？　ちゃんと売り物の領域というか、料理としての域にあるわよね？」

「失礼な。きちんと父さんのお墨付きも貰っているよ」

「そ、そう。ならいいけど……」

半信半疑といった表情でお弁当の交換をするアイラ。

自分から言っておきながら、その顔はないと思いますが……。

なんてことを思っていると、アイラは早速弁当を開けだした。

アイラは弁当を開くと、疑うような目つきでハンバーグサンドを見つめる。

「見た目はよくある肉を挟んだサンドね。香りは意外といい」

そのような感想を漏らすと、アイラは一つのハンバーグサンドを手で掴んで口へと運んだ。

「えっ！　なにこれ⁉　柔らかくて美味しい⁉」

「ふふふ、でしょう？　さらに肉汁とソースがパンとキャベツに染み込んでいるのがいいよね」

僕が自慢げに語る中、アイラははむはむとハンバーグサンドを食べ進める。

気に入ってくれて嬉しいのだが、アイラ自身は弁当を売らなくていいのだろうか。

「はんばーぐサンドって何だ？　聞いたことがないんだが？」

僕がそんなことを思っていると、剣を背負った冒険者風の男性が声をかけてきた。

どうやら僕達の会話を小耳に挟んでやってきたらしい。

「やめときなさいよ。サンドイッチなんてパンに具材を挟んだだけでしょ？」

「それなら自分で好きな具材を買って、現地で作った方がよくないか？　自分好みで安く作れるだろ？」

「あーわかる。店とかで買うと嫌いな食材挟まっていたり、微妙な組み合わせが混ざっていたりするのよね」

僕が説明しようとすると、仲間である女性と男性が口を開いてそんなことを言う。

まあ、気持ちはわからないでもないな。仲間の女性と男性が言ったのも真実の一部なわけであるし。

「でも、僕のハンバーグサンドはそれらの意見を打ち破るほどの美味しさがあると思うよ」

「ほう、それほど自信があるのなら買っていこう。いくらだい？」

「銅貨三枚」

僕がそう言うと、男性は財布から銅貨を三枚差し出してくる。

それを受け取り、番重の端に置いておく。

「ありがとうございます」

「サンドイッチは人の数だけたくさんの種類が生まれる。だから俺は人が作ったサンドイッチが大好きでね。街に入った時、出る時は必ずこうしてサンドイッチを買うようにしているんだ」

「今は出る時なの？」

「ああ、そうだよ」

「じゃあ、お弁当を食べて気に入ってくれたら、今度はうちの宿屋に泊まっていってね」

「ああ、念のために君がいる宿屋の名前を聞いておこう」

「鳥の宿り木亭だよ」

「わかった。美味しかったら次は泊るとしよう」

冒険者のお兄さんはそう答えると、仲間を引き連れて颯爽《さっそう》と馬車に乗っていった。

そして夕方頃。夕食の仕込みをしていると、騒がしくやってくる一団があった。

「いたぞ！　今朝の弁当売りの少年だ！」

「あれ？　朝に弁当を買ってくれた冒険者さん。どうしたの？　街を出たはずじゃ……」

「はんばーぐサンドとやらが美味すぎて途中で引き返してきた！」

首を傾げながら言うと、冒険者のお兄さんは堂々と告げた。

えー、まさか午前中ずっと馬車に揺られて目的地に向かっていたというのに、僕のお弁当を食べたからわざわざ引き返してきたっていうの？

「凄い美味しさだったわ！　あれは料理人じゃないと作れない味よ！」

「そうだ！　あんなの現地じゃ作れない！」

どこかサンドイッチに対して、否定的だったお仲間も食べたのか意見がひっくり返っている。そんなに気に入ってしまったのか。

「トーリの料理を気に入ってわざわざ来てくれたんだ。これは仕込みの料理を追加しねえといけねえな」

「えー、ハンバーグを作るのも飽きたんだけどー」

これをきっかけに、彼らはもうしばらくこの街で活動することにしたようだ。

冒険者はいつ働こうが自由

Tensei shitara yadoya no musuko deshita

「……お金がないなぁ」

忙しい朝の時間帯が過ぎた食堂内で、ラルフがため息を吐いて呟いた。

ラルフやシーク、ヘルミナ以外は誰もが仕事に出ており食堂内には誰もいない。

ちょうど仕事も一段落ついて暇な僕は声をかけた。

「ラルフ達金欠なの？」

「ああ、そうだ。このままいけば次の宿の支払いがマズくなるほどに……」

「それは困ったね」

うちの宿代も払えないとなると、相当切羽詰まっている状況なのだろう。

「ラルフとシークが無駄にお金を使い込むからこうなるのよ」

「冒険者って意外と細々としたものでお金がなくなるしね」

「そうなのよ！　宿代に日々の食事代、武器や防具の手入れ、携帯食料、ポーション、傷薬や包帯……挙げればキリがないわね！」

自分の指を折り曲げながらかかる費用の名目を熱く語り出すヘルミナ。

どうやら一番に金欠という状況に頭を悩ましているのは、真面目なヘルミナのようだ。

「なのに、この二人ときたら深く考えもせずに予定金額を超過した買い物をしてくるのよ！　安いお肉を買ってって言ったのに、偶然見つけた高い魔物肉とか買ってくるし！」

「あれはしょうがねえよ！　滅多に手に入らねえキングフロッグの肉が市場にあったんだ！　そりゃ、買うしかねえだろうが⁉」

テーブルを叩きながら怒鳴り声を上げるヘルミナとラルフ。

「そういうのはお金がある時にっていつも言ってるでしょうが！」

「そ、その時にはもうあるかわからねえだろ⁉」

「そんなもの諦めなさい！　巡り合わせが悪かったと思えばいいのよ！」

「目の前に美味い物があるっていうのに見過ごせねえよ！」

さっきまで冷静であったというのにあっという間にヒートアップしてしまった。

「まあ、ラルフが買い込んだのは三日前だからなぁ。またヘルミナの怒りに火が点《つ》いたんだろう」

「なにシークは関係ないみたいな面《つら》してんのよ！　シークだって無駄に矢を買い込んだでしょ⁉　密かに属性矢とか買い込んでいるの知っているんだからね！」

「あ、あれは凶暴な魔物に備えてのものであって、いつかはきっと役に立つ！」

「いつかっていつよ！　全然使わないじゃない！」

余裕の表情でいたシークだったが、実はこいつも財政を圧迫する張本人だったらしい。

パーティーの財布を管理するヘルミナも大変だな。

「俺達ばっか攻めるけどよ。ヘルミナだって魔石に使い込んでいるじゃねえか！」

「そうだそうだ！」

僕が心の中でヘルミナに同情していると、ラルフとシークがここぞとばかりに口を開く。

「何よ？　私に無駄な出費があるってわけ？」

ヘルミナは自らにやましい部分などあるまいと言い張るように、毅然《きぜん》とした態度だ。

「ヘルミナっていつも後ろから魔法を放っているよな？　使うタイミングは多い時で一回の戦闘中に四回だ」

「そうだけど？」

「……その割に魔石の消耗が激しくねえか？　そのペースでいけば、軽く二週間はもつだろうよ！　なのにどうして一週間くらいで取り換えているんだよ！」

魔法使いは時に、魔物から取ることができる魔石のエネルギーを使って魔法を発動する。

そうすれば魔力の消費を極限に抑えながら魔法が発動できるからだ。

ヘルミナは魔法の使用回数が低いにも関わらずに、何故か魔石の消費が早い。

これは雲息が怪しくなってきた。

「うっ、いや、それは……」

シークの指摘にヘルミナが息を詰まらせて視線を泳がせる。

思わず手に抱えていた杖を背中に隠していたのはやましさの表れか……。

先程の堂々とした態度はどこに行ってしまったのやら。

「知ってるんだぞ！　ヘルミナが夜中に魔石を利用して光魔法を使っていることを！」

「俺達が蝋燭台を節約してさっさと就寝するというのにお前は優雅に魔法を使って本を読んでいるな！」

「そ、それは魔法使いとしての魔法の勉強を……」

ラルフとシークの口から次々と所業を暴露され、ヘルミナの声が萎《しぼ》んでいく。

そこに追い打ちとばかりにシークが一冊の本を手に掲げる。

「ほお？　魔法の勉強とはちょっとエッチな表現を含む恋愛小説を指すのかね？」

「ちょっ！　なんでシークが持ってるのよ⁉　私の部屋に勝手に入ったわね⁉」

ヘルミナは顔を赤くし、目もくらむようなスピードでそれを回収した。

「失礼な。そんなことをすれば従業員に怒られるし、他の女性客にボコられるだろうが。お前が俺達の部屋に来た時に勝手に忘れていったんだよ」

「……もー、最悪」

どんな本を置くかは自由だけど、とりあえず過激な表現があるようだったらレティの目のつかない場所にお願いします。

いや、レティや母さんからすればバレバレかもしれないけどね。いつも部屋の掃除をしていることだし。

「まあ、私は二人ほど衝動的に買い物はしないから！　ちょっと魔石と本を買うくらいだし！」

「そのちょっとと俺達のちょっとも同じだろうが！　トーリはどう思う？」

怒鳴り合う三人がそんなことを言いながら意見を求めてくるが、僕からすればどちらも五十歩百歩だ。

「どっちも同じようなものだと思うよ」

僕がきっぱりと告げると、三人はテーブルの上に力なく突っ伏した。

「原因もはっきりしたことだし、これからはきちんと相談してから買うようにすればいいんじゃないの？」

金銭計画を突発的に狂わせるラルフとシーク。二人に内緒で魔石や本を買い込んでしまうヘルミナ。

パーティーのお金なのだから、それぞれがきちんと話し合って、使える物を買うべきだと思う。

僕が優しく諭《さと》すように言うと、テーブルに突っ伏したヘルミナやラルフ、シークが頭を

掻きながら、

「まあ、それもそうね。私もきちんと二人に相談してから魔石や本を買えばよかったわ」

「俺もだな。これからはできるだけヘルミナに言われた物以外は買わないようにするぜ」

「俺ももう少し矢は丁寧に使って再利用することにするよ。それで属性矢も必要な時に必要な時だけ確保する。やたらと買い込んで貯めたりはしない」

うんうん、同じパーティーなのだから仲良く相談しながら行動しないとね。

「よっしゃ！　お金もないことだし、これから討伐依頼を受けるか！」

「そうだな。次は節約することよりも稼ぐことを考えよう！」

「そうね。このままだと明日の夕食は保存食になっちゃうし！」

ヘルミナ達のパーティーの金銭事情は予想以上に深刻なようだが、この纏まりさえあれば依頼でお金を稼ぐことができるだろう。

彼女らのやる気に満ちた表情を見れば、それは一目瞭然だ。

僕は三人の作戦会議を邪魔しないようにそっとテーブルから離れる。

そして玄関口を見やると、空からポツリポツリと雨が降ってきた。

宿屋の前にある石畳の道がポツポツと色を変えて斑《まだら》模様に。

そして雨は瞬く間に勢いを増して、土砂降りとなった。

「きゃー！　凄い雨！」

「これじゃ、洗濯は無理ね」

中庭で洗濯物を干していたレティと母さんが、洗濯物を手に持ちながら駆け込んでくる。

あっという間に凄い雨になったな。

これから依頼を受けようと息巻いていたヘルミナ達は、この土砂降りの中は依頼を受けにいかないといけないのか。大変だな。

そう思っていると、どこか死んだ表情でヘルミナ達が玄関口にやってくる。

それからボーッと空を眺めて、

「今日の依頼は中止よ」

「雨で風邪でも引いてしまったら大変だ」

「明日稼げば問題ねえさ」

そう呟くと、三人は顔を見合わせてこくりと頷く。

それからさっきと同じように三人共テーブルに突っ伏した。

まあ、冒険者はいつ働くのもそれぞれの自由だしな。

少し心配になるけど、きちんと明日は働くよね？

農家姉妹

「ごめんくださーい」

宿屋の厨房で、いつものように早朝から朝食の仕込みを行っていると元気の良い少女の声が聞こえてきた。

「今の声はユウナちゃんじゃねえか？　見に行くぞ」

厨房の火を一旦消すと、僕と父さんは玄関へと移動する。

すると、そこには茶色の髪をサイドテールにした少女ユウナと、よく似た顔立ちのセミロングの少女エリーナがいた。

「あっ、おはようございます！　アベルさん、トーリ君！」

「おっはよー！　おじさん、トーリ！」

丁寧な口調の方が姉であるエリーナだ。

柔和な顔立ちをしており、話しているだけで柔らかい雰囲気になれる。僕と同じ十二歳だ。

一方姉と違って砕けた喋り方をして元気いっぱいなのが妹のユウナだ。姉とは対照的にハキハキしているのが特徴だ。こっちは二つ下の十歳。レティと同じ年だ。

「おう、おはよう。今日も野菜を卸しに来てくれたのか？」

「そうだよ！　父さんが中庭にリヤカー引っ張ってるから！」

ユウナが示す中庭には、色々な野菜を詰めたリヤカーを引っ張る男性、カールスさんの姿が。

「おお、カールス！　今日もいい野菜は採れたか？」

「ああ、今日も新鮮な野菜が一杯あるぜ」

そう、カールスさんの一家はルベラの街から少し離れた村に住む村人だ。普段は畑を耕した自給自足の生活をしているのだが、こうして新鮮な野菜が採れると宿屋に食材を持ってきてくれる。僕の宿屋の外部の仕入れ先だ。

「トーリ君は顔が眠そうだね？　ちゃんと寝てる？」

「顔は洗ったのか？」

「きちんと眠ったし、顔も洗ったよ」

「そう、ならよかった」

僕が答えると、ほっとしたように胸を撫でるエリーナ。

無言でビンタして喝《かつ》を入れてくる我が母とはえらい違いだ。

「そっちは眠くないの？　村からルベラまで結構かかるんだよね？」

「私達は慣れてるから大丈夫だよ。ただ暗いうちに起きるのは春でもちょっと寒いよね」

暗いうちって一体何時に起きているというのか……。

「……どれくらい時間かけて来てるの？」

「いつも夜明け前に出発してるから歩いて二時間くらい？　だよねユウナ？」

「うん、帰りは荷物がないからもうちょっと早いけどね」

こんなに小さな少女が荷物を持って二時間歩いて街まできているのか。しかも、それをたいした苦とも思ってもいない様子。やっぱりこの世界の子供は逞しいな。

「トーリも今度村に遊びにきなよ！」

ユウナが無邪気な笑顔を浮かべて誘ってくれるが、僕にはちょっと体力的にも精神的にも厳しい気がする。

「……うーん、仕事が落ち着いたら考えておくよ」

「仕事が落ち着いたらって、毎日宿屋やってるじゃん。いつなの？」

曖昧に笑って濁してみたが、ユウナは逃がしてくれない。

ずいっとこちらを見上げて尋ねてくる。

「まあ、おいおい？」

「おいおいっていつなの？」

「まあまあ、ユウナ。トーリ君も忙しいんだから無理を言ったらダメだよ」

僕が困っている様子を察してくれたのかエリーナがやんわりとユウナを止めてくれる。

さすがは心優しいエリーナだ。助かる。

「今日も色々な野菜を持ってきてくれたね」

僕は話の話題を変えるために持ってきてくれた野菜へと話をシフトさせる。

リヤカーの中にはキャベツ、レタス、アスパラガス、セロリ、ゴボウ、トマト、サヤエンドウなどと色とりどりの野菜がぎっしりと詰まっていた。

まだ土がついたやつもあり、今朝採れたばかりの野菜なのだろう。

「ここにあるのもオススメなんだけど、今日は一押しの野菜があるんだ！」

エリーナはそう言うとリヤカーではなく、傍に置いてある鞄の中から小さな箱を取り出した。

蓋を開けるとクッション材としての木屑が敷き詰められており、それをどけると色鮮やかな丸い球体がいくつも顔を表した。

照りやきめ細やかさはプチトマトっぽいが、それよりも形が少し尖っていて楕円形だ。

トマトならいくつもの種類を市場で見てきたけれど、これには見覚えがない。

「これは何のトマトなの？　市場でも見たことがないんだけど……」

「これはプリッチトマト。普通のトマトよりも皮が薄いせいで傷つきやすいから、ルベラの市場なんかには出回らないんだ。でも、焼いて食べると他のトマトよりも凄く甘いんだよ！」

「私達の村では結構皆作ってるけどね」

エリーナの台詞に付け加えるようにユウナが言う。

市場では安定した品質の食材を求められるからな。自然とこういった一癖のある食材は流通しにくくなるというわけか。

僕が知らないだけで、まだまだ身近には出回っていない食材がたくさんありそうだな。

「おいおい、カールス！　あんなの作っていたのなら、うちに下ろしてくれよ！」

「さすがに店で出せるような量は無理だよ。ここにたどり着く前に潰れる。あれはエリーナがお前さんの家族に食べさせてあげたい一心で特別に持ってきたんだよ。娘の優しさに感謝しろ」

ここまで歩いて二時間はかかるって言っていたよな。

傷付きやすくて運ぶのが難しいというのに、エリーナはわざわざ僕達のために持ってきてくれたというのか。

「そんなに大変な物を持ってきてくれたんだね」

「うん、トーリの家族にはいつもお世話になっているしね！　なによりこれの美味しさを知ってほしかったから」

優しい笑みを浮かべながら、心からそんな台詞を言うエリーナ。

なんという優しさだろうか。その微笑みが、僕の胸に染みて暖かくなるよ。

「カールス達はこれから市場に食材を卸しに行くんだろ？　昼はどうするんだ？」

僕がエリーナの優しさに心を打たれていると、父さんが傍にやってきて僕の肩に手を置く。

「ああ、いつも通りここで食べさせてもらおうと思っているけど？」

「だったら、このプリッチトマトを俺とトーリが美味しく料理して食べさせてやるよ！楽しみにしてろよ！」

さり気なく僕まで混ぜられているけど、どうせ昼食の仕込みも僕がやるんだしいいか。料理をして恩返ししてあげたいのは僕も同じだし。

「おじさん本当？　串焼きなら家でもよく食べるからいらないからね！」

「ああ、任せろ！　串焼き以外で食わせてやるよ！」

さすがは収穫して食べているだけあって、シンプルに美味しそうな食べ方を経験しているようだ。

焼いたら甘みが強くなるのか。一度は豪快に串焼きも食べてみたいな。

「まあ、そんな訳でお昼になったらまたおいで。これで料理を作ってみるから」

「ありがとう！　じゃあ、お昼を楽しみにしてるね！」

プリッチトマトのグラタン

Tensei shitara yadoya no musuko deshita

カールスさん一家から野菜を買い、朝の仕事を終わらせた父さんと僕は厨房にてプリッチトマトを見つめていた。

「……父さん、意気揚々と宣言したけど何を作るか決めてるの？」

「いや、決めてない。これから考えるところだ」

僕が尋ねると、きっぱりとそう言う父さん。

てっきり父さんの頭の中には具体的な料理が浮かんでいると思ったのだが、そうではないようだ。

完全にその時のノリで言った台詞なんだな。

「何を作るか決めないと、カールスさんが市場から戻ってきちゃうよ？」

「……わかってる」

父さんはそう頷くと、腕を組んで唸り声を上げ出す。

「んー、焼いたら甘みが増す……串に刺して焼くっていうのは家でもやってるってユウナが言ってたしな」

というかあれだけ立派な台詞を吐いておいて、ただ串に刺して焼くだけというのはどうなのか……。

というかこうして考え込む時間などほとんどないのだが。後一時間くらいしたら昼食を目当てに街の人々が押し寄せてくる。悠長《ゆうちょう》に作っている場合ではないぞ。

「トーリは何かいい案がないか？」

「案って言っても僕は食べたことすらないのに……」

「だったら、お前も焼いて食ってみろ」

父さんが串を差し出してくるので、僕はそれを受け取り、プリッチトマトに刺す。

すると、抵抗もほとんどなく串が刺さってしまった。トマトの皮とは思えないほどだ。

皮の柔らかさに驚きながら、僕は火で直接プリッチトマトを炙る。

柔らかな皮とは裏腹に、熱には結構な耐性があるのかプリッチトマトは破れることもない。

程よく身が引き締まり、皮が縮み始めたところで火から離した。

火にあぶられたプリッチトマトはより濃厚な甘みと酸味の香りを放っている。

まるでトマトスープでも作ったかのような濃厚な匂いだ。

立ち上る湯気を息で吹きかけて、少し冷ましてから僕はそれを口に入れる。

すると濃厚なトマトのエキスが口の中で爆発した。歯を立てる必要なんてなく、上顎で軽く押すだけで内部の凝縮された旨味が弾けたのだ。

「今までに食べたトマトよりも濃厚で風味が強い！」

「だからこそ、店でも使いてえんだけど、なにぶん運搬が難しくてなぁ」

父さんがカールスさんに食い下がってお願いしていた気持ちが今ならよくわかる。でも、採れる畑とルベラの街が遠いから難しいんだよな。

「いっそ、中庭で作れないかな？」

「こいつは手間もかかるし、そこまでやるわけにはいかねえんだよ」

だよねー。仮にできたとしても仕事量が増えては本末転倒だしな。

「どうだ？　何か案は思いつきそうか？」

「……んー、これが一番美味しいんじゃないかなって思えるよ」

「だよなー。焼くだけで既に美味いんだもんなー」

しかし、それでは格好がつかない。

この焼いたプリッチトマトを活かしたメニューはないだろうか？

まるごと焼いたものをメニューとして出せる……出せる。

ん？　丸ごとぶち込んで焼く？

「父さん、グラタンの中に入れるのはどうかかな？」

「おお！　それだ！　それならプリッチトマトを焼きつつ、チーズとも合わせられる！　でかしたぞトーリ！」

僕の案は合格と判断されたらしく、腕を組んでいた父さんはすぐさまに動き出す。

グラタンとして混ぜるように焼いてやればプリッチトマトの旨味もそのまま活かせる、かつ、チーズや他の野菜との相性も楽しめるからな。

これならエリーナやユウナ達も満足するだろう。

僕はそう思い、父さんと料理に取り掛かった。

◆

私とユウナとお父さんの三人は市場から戻り、約束通りにトーリ君の宿屋に戻ってきた。

混雑を避けて早めに戻ってきたつもりだったけど、既に食堂の中はたくさんの人々が席についている。

これだけお客がいるってことは、食事が美味しいということなのだろう。

プリッチトマトを使った料理。まだどんなものがくるか知らないけど、ワクワクする。

「おーい、アベル！　トーリ！　昼食を食いにきたぞー！」

「はいはーい」

入り口でお父さんが声を上げると、ウェイターをしていたトーリ君が少し間延びした声を上げて案内してくれる。

普段と変わらない様子で働いていることが少し面白く、私は小さく笑う。

トーリ君は私と同じ十二歳だというのに、どこか大人っぽさを感じさせる不思議な少年だ。

面倒くさがりでボーっとしてることも多いが、責任感はあってやることはきちんとこなす。

不真面目なのか真面目なのかよくわからない人だ。

トーリ君に案内された私達は、空いているテーブル席に腰を下ろす。

「お昼になると凄く混んでいるね」

「それだけご飯が美味しいってことよ」

「そこら中からいい匂いしているもんね。私もうお腹空いたー」

それは私も同じだ。夜が明ける前に起きて、畑で野菜の収穫をし、選別をして積んだらルベラの街までひたすら歩く。

朝食は口にしていたが、それはもう随分前のこと。

既にエネルギーは消耗して、お腹と背中がくっ付きそうな勢いだ。

「いい感じに仕上がると思うから、ちょっと待ってて」

トーリ君は水やカトラリーボックスを置くと、そう言って厨房の方へと戻っていく。

きっと今からプリッチトマトを使った料理を用意してくれるのだろう。

私とユウナは水をチビチビと飲みながら、微かに厨房で動くアベルさんを眺める。

それは父さんも同じで視線にはまだかな？　まだかな？　と言葉が書いてあるかのようだった。

「できたぜトーリ！」

「わかった！」

アベルさんとトーリの声が聞こえると同時に、食堂内に濃厚なチーズの香りが広がる。

それだけでなく濃厚な甘いトマトの香りも漂ってきた。

「これ、チーズとトマトの匂いだよね？」

「グラタンだ！」

鼻を鳴らしながら呟くと、同じく察していたユウナが喜ぶように叫んだ。

私達が爛々《らんらん》と目を輝かせるなか、トーリ君はグラタンをお盆へと乗せて運んでくる。

しかし、それを一人の金髪の男性が阻《はば》んだ。

「トーリ君！　それはプリッチトマトを使ったグラタンではないかね⁉　傷つきやすいから滅多に流通はしないはず！　今日はもしや出せるのかい⁉」

「いや、今日は彼女達が持ってきてくれたので特別に出すんだよ。残念ながらミハエルの分はないよ」

「そ、そんな……っ！」

トーリ君がそう言うと、男性はこの世の終わりとばかりに崩れ落ちる。

街の人なのにプリッチトマトを知っているとは結構な博識さんだ。そして、それほどまでにうちの野菜を欲している人がいると思えると誇らしく思える。

「お待たせしました。プリッチトマトのグラタンです」

いつもよりも丁寧な口調と共に目の前に並べられるプリッチトマトのグラタン。

お皿の上にはふんだんにチーズが乗せられており、それが熱でトロトロになっている。

チーズはその熱さを物語るかのようにじゅうじゅうと音を上げて、湯気と濃厚な香りを振りまく。

中を切り開かずにこれだけの匂いだ。中を切り開けばどうなるか。

私は期待感に喉の音を鳴らしながら、フォークを手に取った。

そしてトロトロに溶けたチーズの層へとフォークを入れると、どろりと崩れ、中から真っ赤なプリッチトマトが顔を出した。

中にあるのはそれだけでなく、ジャガイモ、ブロッコリー、ニンジン、パスタといった様々なものも微かに見えている。

「とろっとろに焼いたチーズと焼いたプリッチトマト！　これ絶対に美味しいよ！」

「もう食べよう！　お姉ちゃん！」

「う、うん！」

私とユウナは口数少なくフォークを動かした。プリッチトマトをすくい上げると、勝手にチーズも絡みついてくる。私はチーズの糸を丁寧に切ってから口へと運ぶ。

「熱い！　でも美味しい！」

最初にやってきたのは濃厚なトマトの果汁の爆発。熱せられることによって甘みと酸味を増した果汁が噛むまでもなく弾けた。当然熱々なのでそれらも熱いのだが、まだ耐えられる範囲。

私は口の中でコロコロと動かしながら、ゆっくりとチーズとの相性を味わう。

濃厚なチーズと濃厚なトマトの組み合わせが凄くいい。トマトはチーズと相性がいいって知っていたけど、焼いたプリッチトマトは普通のトマト以上にチーズと合う。

「こんなに美味しいグラタンは初めて！」

隣で食べるユウナも熱さに涙目になっているが、それでもフォークを進めている。

熱くても次々と食べたくなる美味しさだもんね。

「濃厚なチーズと焼いたことで甘みを増したプリッチトマト。それらが合わさることで絶妙な味加減になっているな！」

これにはお父さんも満足のようで、しきりに頷きながら食べている。

「トーリ君、ありがとう。うちの野菜をこんなに美味しくしてくれて」

「こちらこそ、いつも美味しい野菜をありがとう。また街にくることがあったら、いつでもご飯を食べにきてね」

「うん、ありがとう」

私がお礼の言葉を言うと、トーリ君は他の客に呼ばれて注文を取りに行く。

本当はもう少しゆっくりと話していたかったけど、トーリ君は仕事中だから仕方がない。まだまだ私の家には、美味しく料理してもらいたい野菜がたくさんある。だから、また今度も野菜を持ってここに来ようと思う。

朝早くに起きて、ここまで荷物を持ちながら歩くのは辛いけど、美味しい昼食というご褒美があれば頑張れるから。

ナタリアの憂鬱

Tensei shitara yadoya no musuko deshita

「何か飽きたのよねー」

　昼間の喧騒が終わり、落ち着いた午後の一時。

　テーブルで気怠そうに頬杖を突いたナタリアが、突然そんな一言を漏らした。

　今、レティと母さんは買い出しに行っている。厨房には父さんで、食堂にいる従業員は僕だけだ。

　僕が傍を通った瞬間に呟いたということは、雰囲気的に僕に構ってほしいということだろう。

「何が飽きたの？」

「自分の部屋よ」

　僕が尋ねると、ナタリアはきっぱりと答えた。

「ナタリアはたくさん私物を持ち込んでいるから、普通の部屋よりかは退屈していないとは思うけど？」

うちの宿屋は私物を持ち込むのも勿論問題ない。

うちが用意した椅子やテーブルを使わずに、自分の気に入った家具やらを買い込んで設置するのも構わない。勿論退去する時は持って帰るなり、売るなりしてもらわなければならないし、掃除できるように家具を置きすぎないようになどとしたルールはあるが、基本的に家具の持ち込みは自由だ。

「確かに物は揃ってるけど、それでも退屈なのよ。代り映えしないというか……」

どこか物憂げな表情でテーブルの木目をなぞるナタリア。

そんな適当な仕草でさえ綺麗に思えてしまうのだから、美女というのは危険だ。

「私は夜の仕事をしているから、他の人と生活のサイクルも違うし、宿では寝ていることも多い。だからこそ、帰ってきた時、私にも他の人と同じような生活感や安心感がほしいのよねぇ」

なるほど、確かにナタリアは他の人と生活サイクルも違う。日中も疲れて部屋で眠っていることも多いのだろう。

そんな生活だと、どこか日常が恋しくなるのは当然。

家に帰った時にいつもと同じではなく、小さな喜びを与えてくれることも精神的に大事なのだろう。

ナタリアの部屋は一人部屋にしては広めの部屋だ。

当然、他の部屋よりもそれなりにお金がかかるのだが、ナタリアは一度も延滞することもなく払い続けている。

ふむ、他の部屋よりも広いナタリアの部屋なら家具の配置とかを変えれば何とかなるように思える。

「それなら僕が部屋の内装を変えてみようか？　ちょっと家具の位置を変えて、新しく小物を置くだけですごく印象が変わると思うよ」

よくある模様替えみたいなものだ。壁の色まで変えるほどの大規模なことはしないが、ちょっとしたものくらいはできるはずだ。

「……なるほど、確かにそうすれば印象が変わるかも。じゃあ、ちょっと頼んでいい？」

「いいけど、僕にやらせるの？　同じ女性のレティや母さんに頼んだ方がいいと思うけど」

「いいえ、トーリにやってもらった方が面白くなりそうだからトーリにお願いするわ」

困惑する僕をよそに、ナタリアは気にした風もなく頼んでくる。

まあ、ナタリアみたいな大人の女性からすれば、僕も子供だしな。

そんなことは気にしないのだろう。

「トーリ的に報酬は私の下着の方が嬉しいのかしら？」

「……下着も含めて私物《しぶつ》は纏めておいて。母さんとレティの部屋に置いておくから」

やっぱりこの人は僕をからかって面白がっているな。

僕がきっぱりと否定して片付けるように言うと、ナタリアは気まずそうに頬を掻いて、

「えーと、私、片付けっていうのが苦手なんだけど？」

そうきたか。

◆

ナタリアが片付けできないということなので、部屋の模様替えよりも先に片付けをすることになった。

本当ならば同じ女性である母さんやレティがやる方がいいのだが、二人は買い物に出たばかり。女性二人が外に出ると、ついでに気分転換も兼ねて服や雑貨なども見て回るので帰ってくるのは遅くなるからな。

そんなわけでナタリアと一緒に僕は部屋に入る。

ナタリアの部屋は昨日の夜にレティが掃除したところだ。帰ってきて眠って、それほど使っていないはずなので部屋は散らかっていないだろう。

そう思っていたのだが、扉を開くと中はたくさんの衣服類が散らばっていた。

昨夜に着ていたドレスだろうか？　ハンガーにかけられることもなく床に脱ぎ捨てられている。ドレスだけでなく、色の違うヒールや下着、化粧品、香水などのケースも辺りに

散乱。

まさにくたびれた一人暮らしＯＬの室内だ。

「……昨日の夜にレティが掃除したはずだよね？　どうしてこんなに散らかっているの？」

仕事から帰ってきて寝て、朝食と昼食を食べただけのはず。

それがどうしてこのような状態になるというのだろう？

「今日の平服選びとかドレス選びとかしていたらこうなったのよ」

「ちゃんと出したらしまおうよ。高級そうなドレスとかシワになっちゃうよ？」

「たくさんあるのにいちいち仕舞うのも面倒なのよ。それにドレスとか娼館が買ってくれるから、すぐに新しくなるわ」

なるほど、その片付けない精神でいられるのは娼館からの充実した保証があるからか。

娼館も厳しく言わないのは察しているのか、そういうものだと認識しているのか。

娼館が新しく買ってくれるのであれば、放り出してしまうのも納得だな。

「はぁ、とりあえずドレスの類はハンガーにかけてクローゼットに仕舞おう。下着の類も畳んで棚にね」

「はーい」

どこかやる気がなさそうに返事するナタリア。

片付けというものが苦手らしい。

ナタリアはのっそのっそと動き始めると、ドレスをハンガーにかけていく。

しかし、ドレスをきちんと伸ばしてからかけていないために、かえってしわくちゃになってしまいそうだ。

「ちょっと、貸して。もうちょっと伸ばしてからハンガーにかけないとしわがつくよ」

「そうなのね。じゃあ、ドレスはトーリに任せるわ」

きちんとハンガーにドレスをかけた僕は、クローゼットを開けてしわにならないように収納。

その中でも乱雑にかけられているものがあったので、いくつか外してかけ直しておく。

それが終わると、僕は床に落ちている衣服を手に取る。

ヒール、アクセサリーはさすがにどこに収納すればいいかわからないので端に寄せておく。

しわくちゃになったレギンスはしっかりとしわを伸ばしてから畳んで端に置く。

次なる衣服へと手を伸ばすと、やたらと薄い布切れが出てきた。

「これはハンカチかな？」

そう思ったけど、はらりと広がると薄い紫色のネグリジェであることがわかった。上品なフリルがあしらわれており、とても扇情的だ。

これをナタリアが着ればと、想像するだけで破壊力が凄かった。

「あら、トーリはスケスケのネグリジェが好きなの？」

「べ、別にそんなことはないよ」

「何なら今ここで着てあげましょうか？」

「片付けが進まないからいいよ」

「残念」

くっ、僕がただのエロオヤジであれば即返事で頼んだと言うのに。

僕はそんな心を表情にはまったく出さずに、速やかにハンガーにかけてクローゼットへと放り込む。

その後もやたらとデカい下着や、布面積の極端に薄い下着をナタリアに渡して、片付けを進めていく。

すると今度は鞄から飛び出た、ポットのような物が目についた。

どこかの店で見たことがあるような代物だ。そう思って手を伸ばす、

「えっ！　これお湯を作る魔道具だよね？」

間違いない。市場の近くにあった魔道具店で見たもの。

僕達のような少ししか魔力を持たない一般人でも、すぐにお湯が作れるという便利な代物だ。

「この間お客さんに貰ったのよ。うちの商品だからあげるって言われてね。なんでも魔道

具店のお偉いさんらしいのよ」
僕が驚くのをよそに何てことのない様子で呟くナタリア。
それって社長とか支部長とか偉い人なのでは？
金貨何十枚もするものをポンと渡せるなんて、お金持ちだよ。
というかナタリアの娼館は高級店だから、やっぱりそういう人がお客なんだ。
何気ない片付けで、改めて凄さを実感してしまう僕である。

ナタリアと街へ

Tensei shitara yadoya no musuko deshita

「よかったらいる？　私、使わないのよねー」

ポットのような魔道具を持ち上げながら尋ねてくるナタリア。まるで近所の子供にお菓子をあげるかのような軽さだ。

「いやいや、さすがにこんな高級な物は貰えないよ」

めっちゃ欲しい。これがあれば僕も毎日優雅にお湯や紅茶が飲めるかもしれない。

けれど、さすがに高級すぎてもらえない。日本円で計算すると軽く十万以上の代物だし。

そんな感じに心臓に悪い掘り出し物をしながらも、室内は何とか片付いた。

床に散乱していた衣服類は全て収納されており、アクセサリーや靴の類もしかるべき場所に置かれて整理された。後は家具をどう配置したり、買い足したりするかだ。

どういう風にすればいいだろうと考えながら、僕は室内に視線を巡らせる。

室内にあるカーテンは真っ黒。ベッドにかかっているシーツは薄紫、床にあるカーペットは紫。ぶら下がっているドレスも紫や赤、黒ばかりで基本的に部屋が薄暗く見えるな。

「紫とか黒が多いけど、カーテンとかカーペットとかシーツもその色じゃないとダメなの？　たまには明るい色にしてみると印象ががらりと変わるよ？」

模様替えをする時は大きい物から変えてみるのが一番だ。

部屋の中で大きい物を変えてみると、それだけで見た目がガラリと変わる。だから提案してみたのだが、ナタリアの反応は芳しくない。

「うーん、カーテンが黒だと日光を遮断できるし、カーペットとかが暗い色だと何かを溢しても目立たないからいいのよねぇ」

「よし、全部取り換えようか！」

「ええっ！　ちょっと待って！　いきなり全部色を明るくしたら落ち着かないわよ！　もうちょっと間《あいだ》を取った色にしましょう！」

僕がそう言うと、珍しくナタリアが焦ったような表情を浮かべている。

それがちょっと面白いし、日中引きこもれる環境が羨ましくて壊したくなるが、ナタリアの言い分も一理ある。

「部屋の内装だけどどんな風にしたい？」

「うーん、どんな風にって言われてもねー」

模様替えをする時は何かテーマなどを決めておくと雑多にならずに纏まりやすくなる。

勿論、壁や天井を改造しなければいけない大掛かりなものは無理だけど。

「白系統、黒系統で揃えたい。カフェみたいにしたいとか……」

「……落ち着く感じかしら？」

「なら木製の家具で揃えてみようか。自然な感じで落ち着くし、お洒落だよ」

「じゃあ、それでお願い！」

僕が提案すると、ナタリアは大して考えることもなくそう言った。

明るくしすぎない限りは内装に関しては口を挟まない方針らしい。ただ面倒だから思考停止しているようにも思えるけど。

僕は、部屋にある家具を眺めて脳裏にいくつもの家具の配置パターンを考える。

そうしていくつかのパターンを脳裏に描き、ナタリアにピッタリそうなものを選出した。

「いくつか買い足したい物があるけどいい？」

「いいわよ。最近はお買い物もしてなかったし街に行くのも悪くないわ」

そんなわけで、僕達は模様替えをするために街へと繰り出すことにした。

◆

「んー、こうやって昼間の街を歩くのは久しぶりね！」

ルベラの街の道を歩きながら、ナタリアが陽光に目を細めて柔らかな身体を大きく反らして伸びをする。それだけで淡い水色のワンピースを押し上げるたわわな二つの果実は大きく震えて、道を歩く幾人もの紳士の目を集めていた。

僕も一瞬だけ視線が向かったが、意思の力でそれを振りほどく。

「いつもは日が暮れてから歩いているもんね」

「そう。だからこうやって雑踏の中を歩くのも随分久し振りなの」

大きく息を吐きながら、心地よさそうに言うナタリア。生活スタイルが違う彼女は、人と異なる時間を生きている。だからこそ、こういう日常的な風景が恋しくなるのだろう。

「最初は布屋に行こうか。カーテンやカーペットくらいなら最初に買っても荷物にならないし」

「何言ってるのよ。お金ならあるんだから全部宿屋に送ってもらえばいいわよ」

おー、これが持つべき者の買い物か。節約節約と口を酸っぱくして言っているヘルミナ達が聞けば泣きそうだな。

となると順番を気にせずに買い物を済ませることができるというわけか。

「それよりまずは屋台でご飯を食べましょう！　私ちょっとお腹が空いてきたのよねー」

ナタリアが腕をぐいぐいと引っ張って屋台の方へと連れていく。

「ええ!?　家具は？」

「そんな物は後でいいのよ」

ナタリア本人が急いでいないみたいだし、別にちょっとくらい時間をかけてもいいか。

どうせ早く家に帰って模様替えをしても、無駄に仕事を押し付けられるだけだし。父さんには悪いが、しばらくの間は一人で宿を回してもらうことにしよう。

ナタリアは僕の手を引きながら、気ままに歩くと豚串の屋台に目をつけた。

大き目の豚のお肉にソースを絡めた串焼きだ。屋台からはタレと肉汁の香ばしい匂いが漂っており、僕達の胃袋を刺激する。

ナタリアはこの匂いですぐに気に入ったのだろう。

「すいませーん、豚串二本貰えるかしら？」

「おお、えらい別嬪《べっぴん》さんだな。綺麗だから値段はおまけして銅貨一枚と賤貨五枚だ」

おお、ナタリアのお陰で賤貨五枚お得になった。

母さんやレティもたまに割引してもらうし、やっぱり美人さんはお得だね。

「あら、本当？　でも、銀貨しか持ってきてないんだけど……」

「ああもう！　だったら銅貨一枚でいいさ！　その代わりまた来てくれよな！」

なんと最終的に半額になってしまった。僕の顔面偏差値で同じようなことを言えば、多分帰れと言われたり、舌打ちされるかもしれないな。

ナタリアが銀貨を差し出して、店主が九枚の銅貨をお釣りとして返す。

そして、最後に豚串を受け取ったところで笑顔を浮かべる。

「ありがとう。またくるわ」

「……お、おう。毎度あり」

それは傍から見ている僕でも綺麗と思える笑顔であり、それを正面から受けた屋台のおっちゃんは見事に放心してしまった。

それでもきちんとお礼の言葉を言えたのは、プロとして染みついた習慣のお陰だろうな。

「はい、トーリの分」

「ありがとう。賤貨五枚払うよ」

「何言ってるのよ。今日は私に付き合ってもらっているんだから全部奢るわ。勿論、内装の報酬とは関係ないから安心して」

僕がお金を払おうとするが、ナタリアはそれを受け取ろうとせずに押し付けるようにして豚の肉串を渡す。

ここで言い合っても仕方がないし、ナタリアの好意なのだ。ここは素直に甘えておこう。

「わかった。ありがとう」

僕が礼を言うと、ナタリアは満足げに頷いてから豚串に齧り付いた。

「んっ、熱いけどおいひいわ」

まだ少し熱かったらしくナタリアが口元で転がすようにしながら食べる。

少し冷ましてからがいいようだ。ナタリアの食べる姿を見て理解した僕は、息で少し冷ましてから齧りつく。

噛みしめると豚肉から大量の肉汁が迸《ほとばし》り、甘辛いソースと絡み合う。コリュッとした弾力ある食感が心地よく、噛めば噛むほど豚肉の味がにじみ出る。

「単純だけど王道な美味しさだよね」

「宿の料理も美味しいけど、たまにこういう粗削《あらけず》りな味を食べたくなるのよ」

「それは僕もわかる。帰り道とか、ついフラッと寄って食べちゃう」

無性にこういう味が食べたくなる時はよくある。

僕とナタリアはしばらく無言で肉串を食べ進める。

「あっ」

すると、ナタリアが食べている途中でソースを胸元に溢してしまった。

それはナタリアの肌だけでなく、淡い水色のドレスにまでかかってシミを作っていた。

「ああ、しっかりしなよ。綺麗なワンピースなのに勿体ない」

「別にいいわよ。またお店が買ってくれるし」

ということはこのシミがついたから捨ててしまうということだろうか？　それではあまりにもワンピースが可哀想だ。というか、これ絶対に高いやつだし。

「お店が買ってくれるからといって服を適当に扱ったらダメだよ。ちょっと染み抜きしたら綺麗になってまた使えるから」

「トーリってば、何だかお母さんみたい」

「はい、ハンカチ。どっちにしろ胸元が汚れたままじゃ嫌でしょ」

「拭いてくれてもいいのよ？」

僕がハンカチを差し出すと、ナタリアはわざと前屈みで胸を強調しながら言ってきた。

その凶悪な光景に手を伸ばしたくなるが、さすがにそれはヤバい。

「……自分で拭いて」

「うふふ、はぁい」

僕の葛藤《かっとう》を見透かしたのか、ナタリアがクスクスと笑いながらハンカチを受け取った。

ぐぐ、見事に遊ばれている感じがあるな。

夜の世界に君臨するナタリアからすれば、僕のような子供は手のひらの上なのだろうな。

ちょっとした悔しさを紛らわすように僕は、残っている豚の肉串を食べ進める。

僕が全部肉串を食べ終わると、ナタリアはちょうど胸元を拭き終わったよう。

「拭き終わったら返して」

「うーん、これは洗って返すわ」

「とは言っても、宿の洗濯サービスを使えば、洗うのは僕かレティか母さんになるんだけど？」

「失礼ね。貸してもらったハンカチなのだから自分で洗うわよ」

僕がそのように言うと、ナタリアが少し不満そうな表情をする。

へー、ナタリアが洗濯なんてできるんだという言葉が出そうになったが、それを言ったら怒られそうな気配がしたので黙っておくことにした。

「へー、洗濯なんてできるんだ？　って顔をしてるわよ」

「き、気のせいですよ」

ジットリとした視線を向けてくるナタリアに、僕は思わず顔を逸らす。

どうして女性というのはこういう時鋭いのだろうか。不思議でならない。

僕が冷や汗を流していると、ナタリアはホッと息を吐く。

「にしても、トーリといると自分も普通の女の子として生きているみたい。何だか不思議な感覚だわ」

「僕からしたら普通のだらしない姉さんみたいなものだからね」

「……あら、だらしなくなんて――」

「朝に弱い。片付けができない、ハンカチも持ってきていない、綺麗なワンピースも汚しちゃう。他にも色々と……」

「ああ、聞きたくないわ。ほら、あっちに美味しそうなスープがあるから、あっちに行きましょう」

僕がつらつらと言い並べていくと、ナタリアはそれから逃げるように移動した。

模様替え完了

　そんな感じで僕とナタリアは模様替えの家具を買う前に、あちこちと屋台や店を練り歩いた。一緒にスープ料理を食べたり、フルーツジュースを飲んだり、店にある服を見てみたり。とにかくナタリアの気の向くままに散策し、一通り楽しんでから模様替えに必要な物を買い込んだ。

　そして宿屋に戻り、夕方になると買い込んだ模様替えの品々が届いた。

「ちょっと、トーリ！　あんたいつの間にこんな物買い込んだの！　しかも宿に届けさせるなんて！」

「違うよ。それはナタリアが買ったものだよ」

「そうそう、私が買ったのよ。ちょっと部屋の家具を変えようと思って」

　僕が慌てて弁明し、ナタリアがそのように言うと母さんが落ち着く。

「あら、そうなの？　急に届いたからビックリしたじゃないの」

「ごめん、言うの忘れてた」

この世界では郵送技術といったものが、そこまで発達していないから、商品を届けさせることになると結構なお金がかかってしまう。それはもう気軽に頼めるような値段ではなく、結構な贅沢と言えるような額だ。

そりゃ、母さんもビックリするよね。

「もう、次はちゃんと言っておいてね」

「はーい」

とりあえず、僕が買って送り付けたものではないとわかったからか、母さんがホッとして仕事に戻る。

「それじゃあ、荷物を持って上がろうか」

「いいけど、トーリで大丈夫？　このテーブルとか結構重いわよ？」

丸いテーブルを指で突きながら心配そうに言うナタリア。

カーテンやカーペットならともかく、この丸いテーブルはちょっときつそうだな。

僕の身体の半分以上はあるし、これを抱えて階段を上るのは結構危なそう。

「うーん、さすがに僕じゃきつそうだし、力のある母さん――」

ちょうど目の前にいるし頼ろうと思ったが、母さんにキッと鋭い眼差しで睨まれた。

「じゃなくて、父さんに……」

すると、ぬっとナタリアの背後から黒い影が現れて、丸いテーブルを持ち上げた。

「あら、ウルガス。手伝ってくれるの？」

「…………」

ナタリアがそう尋ねると、ウルガスがこくりと頷いてくれる。

どうやらウルガスが手伝ってくれるようだ。ウルガスほどの力持ちなら、少し急な階段であっても余裕そうだ。

「ありがとう、ウルガス。それじゃあナタリアの部屋まで持っていってくれる？」

僕がそう言うと、ウルガスはノッシノッシと階段を上っていく。

それに続いてカーテンやカーペット、ちょっとした小物を持って僕とナタリアが続く。

僕とナタリアが二階に登りきると、ウルガスがナタリアの部屋の前でテーブルを抱えて待っていた。

「ほら、ナタリア。ウルガスが待ってるし、鍵を開けてあげて」

「大丈夫よ。鍵なら開いてるから、そのまま押し入ってちょうだい」

「いや、そこ自慢げに言うところじゃないから。というか、何で鍵かけてないの」

僕が振り返りながら尋ねると、ナタリアは顔を逸らしながら。

「え、えっと失くしちゃったから？」

「……鍵を失くしたらちゃんと従業員に言ってと最初に注意したよね？」

「あら、そうだったかしら？　もう結構前のことだから忘れたわ」

ナタリアはそうとぼけているが、勿論最初の方に何度も伝えている。鍵の管理は宿の安全に関わることであり、大事な資産。失くされると作り直さないといけないので当然お客の弁償となる。

「まあ、このことは後でいいよ。部屋を模様替えしてたら鍵が出てくるかもしれないし。でも、出てこなかったらお金払ってもらうよ」

「はーい」

お金に余裕があるからか、ナタリアはさして反省した風もなく返事をする。

まったく、綺麗な女性の割に警戒心が薄すぎやしないだろうか。

とりあえず、ウルガスが部屋に入り、その後に僕とナタリアも入室。

「あ、とりあえず窓際にかけておいて」

ウルガスが所在なさげにテーブルを抱えていたので、とりあえず壁に立てかけてもらう。

「ウルガスありがとう。さて、それじゃあ模様替えをやろうか」

礼を言って、早速模様替えに取り掛かろうとするとウルガスに肩を突かれる。

「ん？　どうしたの？」

僕が問い返すとウルガスが力こぶを作ったり、何か物を持ち運ぶような動作をする。

「手伝ってくれるってことじゃない？」

「……っ！」

ナタリアがそう言うと、ウルガスはそうとばかりに頷いた。

「そうなんだ。それじゃあ、ウルガスも手伝って」

こうして俺達三人でナタリアの部屋の模様替えを始めた。

◆

模様替えといっても、ナタリアの部屋は一部屋でしかないし、衣類こそ多いものの、さして整理にも困らない。皆でベッドの位置や、タンスの位置を調整し、ウルガスが既存のテーブルを物置へとしまい込む。

ちなみにナタリアの鍵はベッドの下から出てきた。長い間放置されていたので埃だらけだった。失くしたらわざわざ新しいのを注文しないといけなかったので安心した。

軽く部屋掃除をしたらカーテンを取り換えて、カーペットと布団のシーツも交換。カーテンは淡い緑色になり、カーペットとシーツは落ち着きのある紺色。その上に卓袱台《ちゃぶだい》のような丸テーブルを乗せて、部屋の端に観葉植物を置き、ナタリアが気に入って買った小さな人形などの小物をタンスの上などに配置したら完成だ。

「これで完成かな」

僕がそう呟くと、ウルガスが喜ぶように拍手する。

「……これが私の部屋、以前とは大違いね。何だか部屋全体が少し明るくなってきたように感じられるわ」

以前のナタリアの部屋は暗い紫色が中心だったからね。それはナタリアの髪色やイメージととても似合っていたが、少し重々しすぎる。

全体的に少し明るくしつつも、落ち着きある装《よそお》いにしておいた。

ナタリアは目を輝かせながら室内をぐるりと歩くと、真ん中のカーペットでごろりと寝転がる。

「ああ、このカーペット最高だわ」

無造作に寝転がっているお陰か、ワンピースの裾がめくれて際《きわ》どいところまで見えている。ここには男である僕と、性別は不詳だがウルガスもいるのでもう少し気を付けてもらいたい。だが、気持ちよさそうに転がるナタリアを見ると、僕も寝転がりたくなってくる。

「ほら、トーリもおいで。金貨五十枚のカーペットは格別よ？」

そう、この毛先のいいカーペットは超高級品。羊系の魔物の毛を使用しており、かなり肌触りがいいのだとか。

ナタリアが悪魔のような囁きでカーペットを叩くので、思わずそっと横たわってしまう。

いざ、金貨五十枚の高級カーペットへ！

「ああ、これは人をダメにするカーペットだ！」

「でしょ？　私の目に狂いはなかったわ」

柔らかく長い毛先が僕の肌を優しく撫でるように通り過ぎていく。全身を柔らかな毛が包み込んでいるようで、一度寝転んでしまえば、もう離れたくないと思えるほど。

こ、こんなカーペットは初めてだ。これが金貨五十枚のカーペットの威力か……。

僕とナタリアが気持ちよさそうにしていると、ふとウルガスがうずうずした様子で立っているのが見えた。きっとウルガスもこのカーペットで寝転がりたいのだろう。

「そうねえ、ウルガスは鎧を外したら寝転がってもいいわよ？」

「……っ！」

ナタリアがニヤリと笑みを浮かべながら言うと、ウルガスがドキッとしたように反応し、それからぐぬぬと考え込むような仕草をする。

そんなウルガスを見たナタリアがクスクスと笑う。

「うふふ、冗談よ。ウルガスもこっちで寝転がってもいいわよ。ただその前に布で鎧の埃は落としておいてね」

どうやらウルガスをからかっていただけのようだ。

ウルガスはナタリアの言葉を聞くと嬉しそうに頷き、ポーチから布を取り出して玄関口で磨き始めた。

「思えばウルガスの鎧っていつも綺麗だよね。部屋に手入れ道具とか入っているし、手入れは毎日欠かさないのかな？」

僕がそのように尋ねると、ウルガスは布で鎧を拭う片手間で親指をグッと立てた。

勿論！　ということらしい。

「あら、ウルガスの部屋にも入ったことあるの？」

「そりゃ、従業員だから掃除に入ったりするよ」

「あっ、そうね。じゃあ、トーリが掃除する時は、いつもより多めに下着を散らかしておいてあげるわ」

「言っとくけど基本的にナタリアの部屋はレティか母さん担当だからね？」

絶対というわけでもないが、部屋の掃除は泊まる客の性別に合わせて担当している。まあ、部屋の主がいない状態なので、そこまで神経質にならなくてもいいが、その方がやりやすいだろうから。

「……なるほど、じゃあ無垢《むく》なレティちゃんに大人の道具を見せて――」

「頼むからうちの妹に変なこと教えないでくれる？」

「あら、変なことって何かしら？　お姉さんに具体的に教えてちょうだい？」

ぐぬぬ、ああ言えばこう言う。この手のやり取りでナタリアに勝てる気がしない。

僕が歯噛みしていると、ウルガスは鎧を拭き終わったのか近くのカーペットで寝転がる。

鎧越しの感触でカーペットの気持ち良さがわかるのだろうか？

「ウルガス、気持ちいい？」

「……っ！」

僕が尋ねると、ウルガスが仰向けでこくこくと頷く。

まあ、クッション性が伝わっているかもしれないし、金貨五十枚のカーペットに転がっているると思うと、精神的にも優雅な気分になれるよね。

「トーリ、今の言葉凄くエロ――」

「……ナタリア。自重」

「はいはい、ごめんね。トーリをからかうのが面白くて」

さすがに注意すると、ナタリアはケロリとした様子で謝る。

まあ、ちゃんとわかってくれたのならいい。

「はぁ、ここいいわね。立たなくても低いテーブルが目の前にあるから、このカーペットの範囲内で生活ができそう」

「ナタリアはあんまりテーブルも使ってないみたいだったしね。わざわざ椅子に座るよりも、こっちの方がいいと思って」

「助かるわ。私はあんまり化粧をしないタイプだし、する時は店に行けばプロがしてくれるからね」

ナタリアは化粧なんてしなくても綺麗ということもあるし、化粧をしたとしても軽めが似合う感じだ。店に行けばプロがしてくれるせいか、備え付けのテーブルはほとんど使った形跡がなかったしな。

だったらどかしてしまって、低い丸テーブルの方が邪魔な時は端に寄せることができるし、部屋を広々と使えると思ったのだ。

「もう、カーペットの上で寝たいわ」

「気持ちはわかるけど、ちゃんとベッドで寝ようよ」

◆

模様替えした部屋でナタリアとウルガスとごろごろしていると、階段の方から足音が聞こえて扉が開いた。

「お兄ちゃん！　そろそろ仕事手伝って！　あれ？　ナタリアさんの部屋ってこんなんだっけ？」

「レティ、気持ちはわかるけどお客さんの部屋に入る時は、ちゃんとノックしないと」

仕事を手伝ってほしくて急いでいるのはわかるけど、従業員としてのマナーは忘れてはいけない。

「あ！　ご、ごめんなさい」

「いいわよ。私はそんなの気にしないから」

レティがぺこりと頭を下げるとナタリアは手を振って気にしてないと笑う。

「これ、お兄ちゃんが考えたの？」

「考えたというより、二人で相談して暮らしやすいようにしただけだけどね」

「へえー、凄いじゃない」

「うふふ、レティちゃん。このカーペットは金貨五十枚もする高級ものよ？」

「ええっ⁉　金貨五十枚⁉　す、凄い！」

何だか僕主導の模様替え技術よりも、心から称賛されている気がする。

まあ、金貨五十枚のカーペットの方が凄いと思うのもわかるから仕方がないよね。

「寝転んでみる？　快適よ？」

「お、お邪魔します！」

ナタリアに促されてレティが恐る恐る僕の隣に寝転がる。

「はぁー……凄い」

レティがため息のような言葉を漏らす。表情は気持ちよさそうに緩んでおり、全身でカーペットを堪能するために目は閉じられていた。

「ちょっとレティ！　トーリ！　まだなの⁉」

レティも堕《お》ちたと確信したところに、階下から母さんの通る声が響いてくる。

「はっ！　そうだった！　お兄ちゃん、もう夕食始まって、私達だけで回すのきついから手伝って！」

「えー」

「えーって、お兄ちゃん、今日は外で遊んだり、十分休憩していたじゃない！」

僕が駄々をこねて寝転がるも、レティが無理矢理手を取って起こしてくる。

僕の方が身体も大きくて重いはずなのに、軽々と起こされてしまった。

「遊んだりとは心外な。ちゃんと従業員としてお客の要望に応えていただけだよ」

「いいから仕事！」

僕の言い訳も通じずに、レティに手を引っ張られて連れ出されてしまう。

「あっ、ちょっと待ってトーリ」

「はいはい？」

お客であるナタリアが声をかけてくると、さすがにレティも無視できずに素直に止まってくれる。ここでさらなる要望がくれば、僕は何とか仕事をサボれるかもしれない。

「はい、この魔道具あげるわ。今日のお礼よ」

「いや、これは高すぎるし、受け取れないよ」

「私にとって今日は、それ以上の価値があったからいいの。本当にありがとうね。それじゃあ、お仕事頑張って。後で私とウルガスも食べに降りるから」

ナタリアはお湯の出る魔道具を僕に押し付けるなり、扉を閉めてしまった。

返品は拒否するというナタリアの心の表れだろう。

「何かお湯の出る魔道具貰っちゃった」

「よかったね。母さんが隠している茶葉があるから、仕事終わりに一緒に紅茶飲もう」

「そうだね」

さあ、仕事終わりの紅茶のために、今日も頑張るとしますか。

休憩時間に紅茶を

昼食が終わって、客足の落ち着いた時間帯。

「トーリとレティは先に休憩していいわよー」

「「はーい」」

まばらにやってくる旅人の受付を母さんがやってくれることになったので、僕とレティは遠慮なく休憩に入る。

一階から四階へと階段を上がると、僕達家族の生活空間。

僕がお湯の出る魔道具とコップと置いてあったポットを準備して、レティが棚の奥深くにある茶葉を慎重に取り出す。

「凄いね。母さん、そんな奥に隠してるんだ。というか何でレティが知ってるの？」

「ちょっと前に母さんが飲んでるのを見つけてね。その時に口止め代わりに飲ましてくれたのよ。それから母さんは隠す場所を移したんだけど、母さんの性格からしてここかなーって」

ふむ、見事に茶葉を隠してしまう母さんもそうだが、あっさりと隠し場所を看破《かんぱ》してしまうレティが恐ろしいな。

レティが茶葉を取って椅子に座り、僕が用意したカップをテーブルに乗せる。

それから魔道具の蓋部分に付いているボタンを押すと、石が淡い水色の光を灯《とも》し、傾けるとカップへとお湯が注がれた。

「何度見ても便利だよね。ボタン一つ押すだけですぐにお湯が出るなんて」

「そうだね。これのお陰でいつでもお湯が飲めるからね」

今の季節は春だが、寒くなっていくにつれて重宝されるようになるだろう。寒い中、わざわざ火を起こしてお湯を作らなくても、すぐに飲めるというのは素晴らしい。

便利な家電製品に溢れた前世ならともかく、化学もあまり発展していないこの世界ではかなり稀少だ。きっと余裕のある家や商人の家、貴族の家くらいしか買うことができないだろう。

そんな物をくれたナタリアには感謝しないとね。

「というかお兄ちゃん、茶葉も入れていないのにどうしてお湯を入れているの？」

「ああ、これは紅茶をより美味しく飲むためだよ」

「どういうこと？」

僕がそう言うと、レティは不思議そうに首を傾げる。

「今朝ミハエルに紅茶を美味しく飲むためのコツを聞いたんだ。そしたら最初にコップをお湯で温めておく方がいいって」

「何でわざわざコップを温めるの？」

「コップが冷たいままだと紅茶の温度が急激に下がるんだ。そうなると香りや風味が損なわれちゃうんだって」

「へー、そうなんだ」

何となくわかるけど詳しいことまではわからない。レティはそんな返事をしながらコップを見つめていた。

まあ、ミハエルのように紅茶を飲みなれた人でもないと理解できないよな。

僕も前世で紅茶を飲んだことは勿論あるが、喫茶店やドリンクバーか、インスタントなものぐらい。

こんな風に茶葉から淹れたことなどなかった。

うろ覚えでコップを温めるといいらしいとは知っていたけど、その理由などはミハエルに教わるまでまったく知らなかった。

ティーポットにも同じようにお湯を入れて温めてからしばらく。

「レティ、ティーポットに茶葉を入れて」

「はーい」

僕がそう頼むと、レティが茶葉をカップに入れた。

「一応聞くけど、量とか教えてもらっているの？」

「母さんが好みだって言ってたから。前の感じで真似してる」

好みって……まあ、最終的には自分の好みが一番だしいいか。見たところそこまで量も多くなさそうだし。

レティが茶葉を入れ終わると、僕が魔道具でお湯をティーポットに注ぐ。

「お湯を注ぐ時に勢いよく注ぐのがいいんだって。こうすると、茶葉が跳ねて風味や味が出るらしいよ」

「あっ、凄い。茶葉が跳ねてる」

レティが興味深そうに眺めているのを微笑ましく思いながら、すぐにティーポットの蓋をする。

後は細かい茶葉なら二分半から三分、大きな茶葉なら三分から四分。この茶葉は細かいようなので置いてある三分の砂時計をひっくり返す。

後は砂が落ちきるまで待つだけ。僕とレティはじーっとティーポットを眺める。

「また茶葉が動いた！」

「何だか生き物みたいで可愛いね」

ティーポットの中はお湯を注いだ後でも、たまに茶葉がふよふよと上下する。

それが可愛い生き物のようで見ているだけで楽しい。

それから少し時間が経過すると、浮いていた茶葉が一気にティーポットの底へと降りていく。

「うわー、茶葉が落ちてく」

落ちていく茶葉に声を漏らすレティ。

琥珀《こはく》色の中をゆらゆらと落ちていく様は、秋の落葉をスロー再生で見ているよう。どこか幻想的な光景に見とれて、僕とレティは無言で眺め続ける。

「お兄ちゃん、砂落ちてる。というか目がヤバい」

「え？　あ、本当だ。砂が落ちてる」

観察していたら、いつの間にか三分が経過していた模様。

しかし、それが終わると温めるのに使ったカップのお湯は邪魔になるので捨ててしまう。少し勿体なく感じてしまうのは、今まで苦労してお湯を作っていたからだろうか。

「それじゃあ紅茶を淹《い》れるね」

「うん、お願い！」

僕はティーポットを持ち上げて、レティのカップへと素早く紅茶を注いでいく。

ある程度の量を淹れたら、今度は僕のカップへ。

「何で一気に淹れちゃわないの？」

「片方に一気に淹れると紅茶の濃さが均等にならないからだよ」

さすがにこれはミハエルに聞かなくてもわかる。片方だけに注ぎ続けるとムラができてしまうからな。

「ふーん、お兄ちゃん、紅茶の店でも開けるんじゃない？」

「さすがに、これくらいじゃ無理だよ。紅茶っていっても、色々な種類もあって、それぞれ淹れ方も違うだろうし」

でも、紅茶の淹れ方をマスターして、小さな喫茶店を開くとか悪くないかもしれない。宿屋の仕事よりのんびりできそうだ。その代わり、たゆまぬ努力と知識が必要で準備が大変そうだけど。

「まあ、肝心なのは味だしね」

レティがそう苦笑しながら言ったところで、最後の一滴を注ぎきる。

ちょうど二杯分の紅茶が空になって入り切った。

「よし、これで終わり。それじゃあ、飲もうか」

「うん！」

紅茶を注ぎ終わったので、お互いのカップに手を伸ばす。

零《こぼ》れないように引き寄せると、スッとするような匂いが鼻孔をくすぐった。喉の奥までスッとするような強烈なものではないが、香りが強めのようだ。

紅茶の香ばしい匂いを楽しみ、ゆっくりとカップを傾ける。

温かな紅茶の味が口の中、喉の奥まで広がっていく。

「あっ、この前に母さんと飲んだものより美味しい……かも？」

「そこはしっかり美味しいって言い切ってほしかったな」

最後に首を傾げなければこちらも素直に喜べたんだけどな。

「だって、紅茶とかそんなに飲んだこともないからわかんないんだもん。お兄ちゃんはわかるの？」

「いや、僕もそんなにだけどね……」

前世の経験を加えるとそこそこあるが、どれと比べると美味しいなどと聞かれると非常に難しい。レティの言い分ももっともだ。

今度ミハエルに飲んでもらって感想を聞いてみようかな。

ミハエルなら色々な紅茶を飲んでいるだろうし、的確な感想を教えてくれそうだ。

「にしても香り高いけど、飲みやすいよね」

「香りが気に入ったから買ったたって母さんが言ってた」

まあ、最初に選ぶ理由なんてそんな感じだろう。

ナタリアのお陰で気軽に紅茶が楽しめるようになったし、今後はもう少し紅茶に目を向けてもいいかもしれないな。

「これだけいい紅茶があるとクッキーとか、何か甘い物が食べたくなるね」

「あー、クッキーは前回、私と母さんで食べちゃったしな……でも、もしかしたらあるかもしれないいから探してみる！」

僕が何げなく呟くと、レティが動いた。

茶葉と同じ棚を漁ったり、違う棚を引き出したり。それから少し考え込んだ後に一番下の棚の奥を調べて、小さな木箱を取り出した。レティが無言で蓋を開けて、ニシシと笑う。

「やっぱりあった！　母さんのことだからしっかり補充してると思ったのよ」

さっき考え込んだのは母さんの思考をトレースしていたのか。レティ、恐ろしい子だ。

「これも貰おう！」

「それは大賛成だけどバレた時大丈夫なの？」

「え？　元からないものがなくなったところで、何か問題でも起こるの？」

「……それもそうだね。何も問題なんて起こらないね」

誰も知らない物が無くなって騒ぐ人はいない。うちには、クッキーや茶葉なんて物は最初からなかったのだから。

「紅茶の香り!?　ちょっとちょっと！　レティ！　トーリ！　私の紅茶飲んでるでしょー！」

大衆浴場

Tensei shitara
yadoya no
musuko deshita

「トーリ、風呂に行くか」

「おっ、いいねえ。それじゃあ準備して行こうか」

夕食の仕込みを終えて、一息つくと父さんが言ってきたので俺は即座に頷いた。

そう、僕は父さんのことが大好きでお風呂の時はいつも一緒——などという気持ちの悪い状態ではない。

家に風呂がないから、大衆浴場に行こうと言っているのだ。

この世界では、前世のように各家庭に風呂がついてはいない。そんなものは貴族か大商人くらいのもので、平民はたまに濡れタオルで拭ったり、死ぬほど頑張って大量のお湯を作って浴びるくらい。

だから、こうしてお風呂に入りたい時は、大衆浴場に向かうのだ。

勿論、値段は大衆向けなので銅貨三枚と安い。しかし、これは平均的な一食の値段にもなりえるために、ただお湯に入るだけで高いと思う者もいる。

そういう者はよっぽど汚れでもしない限り利用しないだろうな。

僕と父さんは四階に上がって、自分のタオル、バスタオル、石鹸、着替えなどを用意してリュックに詰める。浴場なので準備は大していらない。これだけで十分だ。

二つのリュックに分けると荷物が増えてかさばるので、父さんの分と僕の分を一緒に入れてしまう。

「よし、忘れ物はないな?」

「うん」

「それじゃあ、行くか!」

僕が頷くと父さんがリュックを軽々と持ち上げる。

父さんを先頭に階段を降りて、一階へと降りる。

すると、母さんが受付をしており、レティが食堂スペースの掃除をしていた。

「んじゃあ、俺とトーリは風呂に行ってくる」

「あら、また?　もう四回目じゃないの?」

父さんがそう言うと、母さんがちょっと呆れ気味の声を上げる。

七日ある週のうち、僕と父さんが風呂に入るのは四回目だろうか。風呂が家にある前世ならともかく、身近ではこの世界の人の価値観からすれば綺麗好きすぎるくらいだろう。

だが、風呂好きの元日本人として、呆れられようがそこは譲れない。

「料理人は食材を扱うからね。常に清潔でいることが大事なんだ。そうすることによって、お客にも安全に料理を出すことができるんだよ？」

「あんた、いつも自分は料理人じゃなくて従業員だとか言ってるじゃないの」

「……従業員も料理を配って接客するわけだから、清潔でいるに越したことはないよ」

食材を扱う職業である以上、従業員が清潔であるのは当然だ。何も悪いことではない。

「お風呂に入ると身体がほぐれて健康にもいいんだよ。父さんも、お風呂に通い始めたお陰で腰の調子とか良くなったよね？」

「ああ、そうだな。お風呂に行くと身体の疲れが取れて調子がいいんだ」

僕と父さんがそのような利点を述べるも、母さんの視線はしらけたものであった。

まあ、お風呂の効能を知らず、この世界での清潔さの概念から考えると、簡単に理解できるものではないだろうな。僕と父さんは一週間の半分以上通ってるわけだし。

さすがに今日は自重して、明日にしておこうか。

そんな気まずい空気感が流れる中、床掃除をしていたレティがぼやく。

「いいなー。私も掃除終わったらお風呂に行きたい」

「……そうね。私とレティもそろそろお風呂に入りましょうか。アベルとトーリの方が清潔だとか言われたくないし」

「おう、それじゃあ早めに戻ってくる」

「ええ、わかったわ。行ってらっしゃい」

レティの一声のお陰で和やかになり、父さんと僕は無事に宿屋を出発できることになった。

母さんとレティに軽く手を振って、僕と父さんは大通りを歩く。

「それにしても、父さんも風呂好きになったよねー」

「ああ、トーリの言う通り風呂に入った方が身体の調子もいいしな。それに風呂上がりの一杯はやめられねえ」

最初は父さんもお湯で身体を拭って、五日に一回行けばいい方だったくらい。しかし、何度も僕と通うようになってお風呂の素晴らしさ、その爽快感の虜になってしまったようだ。

今では僕に負けずとも劣らない風呂好きだな。

しばらく街の中心に向かうように大通りを歩き、そこから横道を通って進むと大きな大衆浴場が見えてきた。

他の建物よりも一風変わった石造りの建築物。全体的に四角い形をしており、支柱には立派な装飾が施されている。まるで前世にあったパルテノン神殿を彷彿《ほうふつ》とさせるような荘厳な雰囲気だ。

そこに何人もの老若男女が入っていき、父さんと僕もその一人として入っていく。

中に入ると受付の人がおり、そこで銅貨三枚を渡すと木札と鍵を交換してくれる。番号は八十二だ。

これだけの鍵とロッカーを用意できるのは、結構儲けている証拠だな。

いや、これだけ万全を期しているからこそ、人々は気軽に訪れることができるのだろう。

受付が終わると今度は男女別に別れる。残念ながら。

通路には男性、女性と両方の警護人が槍を持っており、下心を持って紛れ込もうなどと考えればどうなるか明白だった。

こうやって警備がしっかりしていることは女性にとって、凄く安心できるポイントだろうな。おっと、あまり女性側の方を見ていると、警護人に疑われてしまう。

僕はあまり視線をやらないようにしながら男性側の通路を歩いた。

廊下を進むと先にあるのは脱衣場だ。すぐ前には浴場があり、何人もの人が出入りしているため。この部屋も少し湿気に溢れている。

木札に書かれた番号のロッカーを見つけると、父さんと僕は早速服を脱いでいく。

ここでは誰もが生まれたままの姿。何も恥じることはない。

そしてタオルと石鹸などの必要な道具を持って、鍵をかければ準備完了。

「よし、入るか」

「うん」

裸になって妙に勇ましい気分になりながら返事する。

そして、タオルを持ちながら堂々と浴場へ入っていく。

浴場内も石造りで、少し薄暗い室内の中、魔道具のランプがぼんやりとした光を灯している。

中央には大きな浴場があり、人が三十人入ったくらいでは埋まらないくらいの広々としたもの。さらにそこだけでなく、奥にも区切られた浴場がいくつもある。

まさに大衆浴場と呼ぶに相応しい大きくて立派な浴場だ。

浴場は湿気を含んだ空気で満ちており、あちこちで人々の楽しそうな声が聞こえてくる。ここには街の人々が多く来るために、来れば大抵誰か知り合いがいる。

「じゃあ、後は適当なタイミングで合流だな」

「おっけー」

ここから僕と父さんは別行動。子供でもあるまいし、父さんにべったりとくっ付いて行動する必要もない。

父さんが少し歩くと、早速知り合いがいたのか「おーい、アベル！」と呼ばれる声が響いていた。

多分今の声は肉屋のカルロスさんだな。もしかしたら、息子のカルロがいるかもしれない。

「あ、トーリだ」

「トーリだな」

何となくふらふら歩いていると、早速見覚えのある顔が。

肉屋の息子のカルロと、八百屋の息子のハルトだ。

ハルトはいつも眼鏡をしているが、今日はお風呂に入っているのでかけていない。

「おー、二人もいるんだ。もしかしたら、ダスティもいる？」

「いや、あいつは見てない」

「うむ、ダスティは風呂に入るのが苦手だからな。よほど汚れたりしない限りは、布で拭うので済ませるだろう」

ダスティというのは、パン屋を営んでいる息子で僕達の友達だ。

二人がいるので、もしかしたらいるのかと思ったが、あいつは相変わらずの風呂嫌いのせいか来ていないようだ。勿体ない。

「僕は今から身体洗うけど、もう上がっちゃう？」

「……そろそろ上がろうと思っていたが、せっかく会ったのだ。少し待とう」

「俺も待つよ。前に会った時は、忙しくて大して喋れなかったし」

「わかった。ありがとう。早めに済ませてくるよ」

僕はハルトとカルロと別れて、左側にある洗い場へと向かう。

積んである木製の桶を手に取って、置かれている風呂椅子に座り込む。

目の前には細長い蛇口のような魔道具があり、そこにあるボタンを押せばお湯が出てくる。

ナタリアの魔道具と同じ仕組みだ。勿論、お湯の温度は適切に設定されている。

桶にお湯を注ぐと、一気にかぶる。

温かなお湯が肌を伝い、汗や埃といったものを一緒に流してくれる。その爽快感が心地よく、僕は全身の汗を流すように何度もお湯を被った。

身体が少しすっきりしたところで、石鹸をタオルで泡立てて全身を洗っていく。

そして石鹸を使って髪も洗い終わると、また同じように桶でお湯を被る。

全身の汚れを泡と共に洗い流した時の爽快感は凄まじい。これだからお風呂はやめられないな。

子供達のハンバーガー計画

Tensei shitara yadoya no musuko deshita

さてさて、いつもならのんびりするところだが、今日はカルロとハルトが待ってくれているので早めに戻らないと。

僕が急いで身体を洗うのを全部済ませて戻ると、カルロとハルトはお湯に足を入れた状態で座っていた。もはや全身でお湯に浸かっているのは辛い。座り方からそんな様子がありありと伝わってくる。

「お待たせ」

「遅い。もう少しでのぼせるところだったよ」

「このまま上がってしまって帰ろうかと思ったくらいだ」

「これでも急いで洗ったんだけどなぁ」

カルロとハルトのことを思って、大急ぎで済ましてきたのだが、彼らからすると遅かったようだ。

まあ、そんなことは置いておいて、とりあえずお風呂だ。

僕は座り込むハルトの隣を通って、ゆっくりお湯に入る。

「ああー……気持ちいい」

身体から今日の疲れが染み出していくようだ。

やはり濡れタオルなどで済ませるのではなく、お湯に浸かるに限るな。

「そういやさ、トーリの宿は最近どう？」

僕がお湯の心地良さを堪能していると、カルロが尋ねてくる。

子供ではあるが、既にお店の一員として働いているので、互いの店のことを聞くのは僕達の中で主流だ。

「部屋も基本埋まってることも多いし、いい感じだよ」

「それって、ハンバーグってやつのお陰？」

「うーん、それは部屋というより食堂を埋めるのに貢献しているかな」

「ハンバーグとは何だ？」

カルロはハンバーグについて知っているようだが、ハルトは知らないようだ。

「簡単に言うと、肉を潰して捏ねて焼いたものだよ」

「ほう、そのようなものが」

「というか、カルロはハンバーグのことよく知ってるね？」

ハンバーグは最近作ったものだし、そこまで大っぴらに振舞っているものでもない。僕がたまにサンドイッチで売りに出して、気に入ってくれた人などが注文するくらい。

「トーリの宿屋でハンバーグを食べて自分でも作りたくなったのか、最近ハンバーグを作るのに合う肉を教えてって言う人が増えたんだ。こっちは食べたこともないのに」

「あー、なるほど」

食べたこともないのに、それに合う肉を選んでくれって言われて困っているのか。それはちょっと大変だな。

にしても、うちで出しているハンバーグが少しずつ広まっているようだな。家でも作ってて食べたいと思うとは。

「だからさ、今度食べに行っていい？」

「ふむ、俺も興味があるな」

カルロだけでなく、ハルトも気に入ったのか前のめりになりながら聞いてくる。

「……うん、それならちょうどいいや。今度ハンバーグと野菜をパンで挟む、ハンバーガーってのを作ろうと思うんだ」

そう、これが僕の思いついた氷の魔道具を買うための金策。

皆で美味しいハンバーガーを作って、屋台で売ってしまおう作戦だ。

「だから、ダスティも含めて、二人にはそれに合う――」

「おお！　野菜を使うのか！　それなら任せておけ！　ハンバーグとやらがどんなものか

知らないが、それに合う野菜を選定してみせよう！」

僕が言い切る前に、興奮したハルトが立ち上がって叫ぶ。

勢いよく立ち上がったせいか、太股の上に乗っていたタオルがはらりと落ちてしまい、僕の目の前に肌色のニンジンが露出する。

煽りのアングルで酷いものを見せられてしまった。

「よくわからないけど面白そうだね。じゃあ、作る時になったら呼んでよ」

「わかった。今度ダスティにも声かけておくから」

パン屋の息子のダスティがハンバーグに合うパンを、肉屋の息子のカルロがハンバーグにより合う肉を。そして八百屋の息子のハルトがパンや肉に合う野菜を選んでくれれば美味しいハンバーガーができる気がする。

僕だけ宿屋っていうおかしい立ち位置だけど、そこはアイディアの発案者だから気にしないことにしよう。

それから僕達はハンバーガーについて話したり、最近の日常などを話すと、先に入っていたカルロとハルトが上がっていく。

長風呂が好きな僕は、一緒に上がらずにそのまま一人残る。

二人がいなくなって少し寂しいけど、広々とした湯船を静かに占拠するのも悪くない。

そのまま僕が一人で浸かっていると、知らないおじさんとお兄さんが入ってくる。気さくな人だと知らない人相手でも話しかけてくるけど、この二人はそういうタイプではないよう。

僕達はただただお湯を堪能するためにボーッと入り続ける。

ああ、お湯に包まれているのが気持ちいい。このまま何時間でもいられそうだ。

僕がボーっとしながら天井を見上げていると、その視界にぬっと父さんの顔が入り込んでくる。

「トーリ、そろそろ帰るぞ。今日はシエラやレティも家で待ってる」

「あー、そうだね。それじゃあ、上がるよ」

今日は母さんとレティも浴場に入ることになったために、早めに戻って僕達が宿の仕事をしないといけない。

もう上がらないといけないことを残念に思いながら、僕は湯船から上がった。

それから僕達は速やかに脱衣所で服を着替えて、木札と鍵を受付で返却する。

「お風呂上がりに冷たい飲み物はいかがですかー」

すると、ロビーでは小さな屋台が設置されており、そこには魔道具で冷やされた飲み物が売っていた。テーブルの上では、魔道具によって冷却されたのかコップから冷気が漂っている。

くっ、実にあくどい商売だ。こんなところに冷たい飲み物があったら買ってしまうに決まっているだろう。

多分、このお兄さんは浴場の関係者に違いない。

「兄ちゃん、エールとフルーツジュースくれ！」

「はいよ！」

父さんは冷えたエール、僕はフルーツジュース。それが僕らのいつも頼む王道だ。

父さんがお金を差し出すと、お兄さんはテーブルに乗せた小さな冷蔵庫のような箱から瓶を取り出して、エールとフルーツジュースをくれる。

氷魔法を使っているのか、その瓶はキンキンに冷えている。

僕が冷たさを手で堪能していると、父さんはすぐに瓶を傾けて飲む。

ごくごくと喉を鳴らして、一気に七割を呑んでしまう。

「ぷはぁっ！　やっぱり風呂上がりの冷たいエールは堪らねえな！」

くーっと、口の周りに泡をつけながら叫ぶ父さん。

父さんは風呂そのものよりも、この瞬間を一番楽しみにしている。それにしてもいい呑みっぷりだ。見ているこっちもがエールを呑みたくなったくらいだ。

とはいえ、フルーツジュースもまた王道。

僕は瓶を傾けて冷たいフルーツジュースを喉に流し込む。口の中に広がる濃厚な果汁の味。何種類ものフルーツが混ざり合い、絶妙な味と後味の良さを奏《かな》でている。

「あー、美味しい！」

「お風呂で温まった後の冷たい飲み物は最高だな！」

お風呂に入っていて喉が渇いていたせいだろうか、父さんと僕はあっという間に飲み干して瓶をお兄さんに返す。

「さて、宿に戻るか！」

「うん！」

お風呂に入って身も心もリフレッシュした僕らは、満足げな表情で浴場を後にする。

浴場の外に出ると、お湯に浸かって毛穴が開いたお陰か緩やかに吹く風が涼しく感じられた。

「いつかお金が貯まったら、うちにもお風呂を作りたいね」

「そうだな。後は家でも冷たいエールが呑めるといい！」

くいっと瓶を傾ける仕草をする父さん。

うちですぐにそれらができるとは思えないけど、それらのためならもうちょっと仕事を頑張ってもいいかもしれない……と少しだけ僕は思った。

パン屋の息子

Tensei shitara yadoya no musuko deshita

「トーリ、お昼のパンを買ってきてくれない？」

朝の忙しい時間帯が終わり、落ち着いた食堂内で後片付けをしていると母さんが頼んできた。

「いつものダスティのところだよね？」

「ええ、食パンとフルーツ満載パンと後は適当にお願いね」

「わかった」

僕は、母さんから銅貨八枚を貰ってのんびりと外に出る。

朝食の後はダラダラと皿を洗ったり、部屋掃除をしたりするのだが、今日はおつかいのお陰で免除だ。家で働くよりも気楽に街を歩いている方がいいからな。

仕事がサボれてラッキーと思いながら、僕は大通りを南下していく。

今日も天気がいいな。空は青く澄み渡っており、雲一つない快晴。そのお陰か大通りに面している家々では皆が気持ちよさそうな顔で洗濯物やらを干している。

白い雲の代わりに広がる白いシャツやシーツ、タオルなどが風ではためき、街の平和な生活感が感じられる。

今は朝食や出勤のピーク時間をすぎているので通りは少し落ち着いている。道を歩く人も旅人や男性というよりも、買い物に出てきた主婦や子供達が多い。

辺りを眺めればエルフの親子や猫っぽい耳をした獣人の家族、休日なのかドワーフのおじさんが一人で雑貨屋を眺めていたりする。

人間だけでなく様々な種族が入り乱れている不思議なファンタジー世界であるけど、特に目立った問題もなく共存できているのは凄いなと思う。

どこかまったりとした時間帯の道をゆっくりと歩くことしばらく。大通りの先にある南の広場にたどり着き、そこに面する形で一件のパン屋があった。

そこが僕のおつかいの目的地であり、友人であるダスティが働いているパン屋である。

クリーム色の壁色をしており、扉や屋根の部分は木造。看板にはちょっと洒落た文字で、『ルバーリエ』と書かれている。

全体的に温かでありながら清潔感が溢れる店だ。

ガラス窓から中を覗くと、いくつものパンが棚に並べられており、ちょうどダスティらしき少年ができたてのパンを並べているところだった。

白いコック服のような服に、黒いエプロン。あのくすんだ金髪は間違いなくダスティだ。

うん、ダスティがいるならちょうどいいな。この間、浴場でハルトとカルロと話したハンバーガー計画をダスティにも話して誘ってみるか。

そう決めた僕は、お店の扉を開いて中へと入る。

「いらっしゃいま――何だトーリかよ」

カランコロンというベルの音が鳴ると同時に、ダスティが振り返って笑顔を振りまくが、客が僕と気付くなりおざなりな態度になった。

にっこりとした笑顔が急に、悪い目つきになるものだからびっくりするな。

「ちょっと、客にその態度はなくない？」

「お前にやる愛想笑いなんてねえ」

まあ、僕もダスティやハルト、カルロがきても同じような適当な態度だしね。

黙々とパンを並べるダスティの横を通って、僕はトレーとトングを取って店内を回る。

テーブルの上に置いてある籠の上には、たくさんのパンが並べられている。皆とても綺麗に焼き上がっており、店内の温かみある光を反射してキラキラと輝いていた。

そして何より、小麦やバターで満ちたこの匂い。焼きあがったばかりのパンの匂いは、とても柔らかでいながら人の胃袋を刺激するものだ。

僕がワクワクしながら並べられているパンを見ていると、ダスティが口を開く。

「今日も昼飯のパンか？」

「うん、何かおすすめはある？」

「いつものフルーツ系なら今日はブルーベリーとクランベリーを乗っけた奴だな」

僕の家族がいつもどのような物を好んで買っているか、ダスティは当然知っているので好みを考えた上で答えてくれる。

僕はダスティが指さした、丸いフルーツパンをトングで丁寧にトレーに載せる。

「じゃあ、母さんとレティにこれを二つで……総菜パンは何がいい？」

母さんとレティは甘いものを好むけど、僕と父さんはどちらかというと食べ応えのある総菜パンなんかが好きだ。

「今日はエンパナーダだな。カルロが余った肉をくれたから、それを詰め込んでやった。外はカリッとして中は甘辛いタレの絡んだ肉が入っていていけるぞ？」

ダスティが振り返り、腕に抱えたトレーを見せてもらうと、そこには餃子を大きくしたような半月状のパンがあった。

香ばしい小麦の香りと、中に入っているだろう肉の匂いが微かに漂ってくる。

「おお、それは美味しそうだね」

「へへっ、俺が作ったやつだからな」

「じゃあ、それを二つもらうことにするよ」

「ほらよ」

僕がそう言うと、ダスティが抱えていたトレーから僕のトレーへと移してくれる。

後は皆が食べるために食パンを一斤ほどトレーに載せて、会計をしてもらう。

「あー、全部で銅貨五枚と賤貨七枚だ」

「そこであーって言うのやめてくれる？　ちょっと本当に合ってるか心配になるから」

「しょうがねえだろ癖なんだから。ちゃんと合ってるから文句言うなって」

ダスティの言う通り、一応計算は合っているけど何か心配になるんだよ。

僕が呆れている間に、ダスティはパンを慣れた手つきで荒い紙袋に包んでいく。

「あっ、フルーツ系は特に崩れないように念入りにね」

フルーツが盛り付けられているパンは、どうしても形が崩れやすくなる。持って帰っている間に、少しでも崩れてしまえば怒られるのは僕だからな。ダスティに丁寧に包んでもらわないと。

「わかってるよ。ほら、ちゃんと崩れないように包んだぜ」

「ありがとう。あの二人が一番うるさいからね」

パンが入った紙袋を受け取り、そのまま帰りそうになる僕だが、ちゃんとハンバーガーの件は覚えている。

「あっ、ダスティ。今日の夕方前とか空いてるよね？」

「ああ、空いてるけどそれがどうした？」

「カルロとハルトと新しい料理を作るんだけど、ダスティも一緒にやらない？　その料理にはパンを使うからダスティの力も貸してほしいんだ」

「へえ、どんな料理だ？」

パンを使うと聞いて胡乱《うろん》げな表情をしていたダスティが、興味深そうにする。

「ハンバーガーって言って、パンの間に肉や野菜なんかを挟んだものなんだ」

「ハンバーガー？　というか、それってただのサンドイッチじゃねえのか？」

うっ、そこを言われると僕も少し苦しい。ぶっちゃけサンドイッチとハンバーガーという名称の明確な違いがよくわからないからだ。

「まあ、似ているけど少し違うよ。ハンバーガーは食パンなんかを使わずに、甘味や塩味が少ない丸パンを使って、具材との調和を前面に引き出すものだから」

「ふーん、そうなのか？　まあ、トーリ達が作ろうとしているパン料理に興味あるし行ってやるよ」

まあ、僕やカルロ、ハルトが既に絡んでいる以上、ダスティだけがこないということはないけどね。こなかったら一人だけ仲間外れみたいでつまらないだろうし。

「わかった。カルロとハルトにも声かけておくから、仕事が落ち着いたら僕の宿にきてね」

「おう、わかった」

僕はダスティの店を後にし、カルロとハルトにも誘いをかけてから宿に戻った。

ハンバーガー試作

「おう、トーリ。来てやったぜ」

ハンバーガーを披露するべく厨房で準備をしていると、ダスティがやってきた。

仕事が終わったら行ってやるみたいなことを言っていたが、ダスティが一番のりだ。

さっきはああ言っていたけど密かに楽しみにしていたのだろうな。

「このミンチ肉がハンバーグってやつになるのか？」

手近な席に座って待ってるかと思ったが、ダスティはそのまま受け取り口に身を乗り出して厨房を覗いてくる。

どうやらハンバーグが気になるようだ。

「そうだよ。これを調味料やタマネギとか加えてこねてから焼くんだ」

「へー」

ダスティが興味深そうにする中、俺は塩胡椒を入れてハンバーグのタネを作る。

粘りが出てきたらタマネギや卵を加えて均等に混ぜる。

「おっ、ダスティだ」

すると、程なくしてカルロとハルトが一緒に入ってきた。

二人はダスティに声をかけると、同じように受け取り口で並ぶ。

三人並んで厨房を覗いてくる様子は微笑ましいな。

後ろで野菜を切って、夕食の仕込みをしている父さんは少しやり辛そうだけど。

「今、作ってるのがハンバーグってやつ？」

「うん、後は焼いてパンと野菜で挟むだけ。今から用意するから席で待ってて」

「いや、俺は肉が気になるしこのまま見てるよ」

「うむ、野菜の友となる料理だ。目にしておかねばな」

「どうせ席に座ってても暇だしな」

突っ立って待たせるのも申しわけないと思ったのだが、特に気にした様子はないようだ。

三人がこのまま見てると言うので、少しやり難いが俺はこのまま作業にかかる。

とはいっても、既に仕込みは済ませてあるので、後は焼いたりするだけの簡単な作業だ。

僕は三人分のハンバーグを、油の敷いたフライパンに投入。

高熱の油の上にハンバーグが乗ることによって、じゅわぁっとした音が響き渡る。肉を熱したフライパンの上に乗せる、この時の音が結構好きだな。

しばらく音を聞きながら見つめていると、辺りに肉の焼けるいい匂いが広がる。

香ばしい香りに釣られてか、厨房を覗いている三人は先程よりも前のめりになっていた。

身を乗り出しすぎて、厨房に入ってきてしまわないか少し心配だな。

そう思ったところで、ちょうど表面に火が通ったので弱火にして、蓋をしてしまう。

視覚的にハンバーグが閉ざされた三人は、残念そうな顔で体を後ろに戻した。

素直な三人の反応を笑いながら、僕はハンバーガーを盛り付ける皿を用意。

「父さん、スライスしたトマトと千切ったレタス貰うよ」

「おう」

仕込みのついでに父さんに用意してもらったトマトとレタスを拝借。

そして、食材棚からパンとチーズを取り出して、ちょうどいいサイズにカット。

すると、ハンバーグに十分火が通ったようなので火を切る。

カットした丸パンの上にレタスを乗せて、その上に熱々のハンバーグと特製ソースをかける。さらにチーズ、トマト、レタスを乗せて最後にパンで蓋をしてやるとハンバーガーの完成だ。

「おお！　なんかサンドイッチと違うな！　早速食わせろ！」

「いや、さすがに食べる時はテーブルに座ろうよ」

興奮するダスティを諌《いさ》めながら、盛り付けた皿を持って移動するとアヒルの雛《ひな》のように大人しく付いてきた。

そして椅子に座らせてから、ハンバーガーを乗せた皿を目の前へ。

「おお、さすがはうちのレタス。時間が経っても瑞々しくて美しいな。サンドになっても美しさが際立っている！」

ハンバーガーを見せて一番にレタスに興奮するのはハルトだけだろうな。

相変わらずハルトの趣味嗜好は野菜を中心に回っているようだ。

「これが作ろうとしているハンバーガー。皆の意見も聞きたいから食べてみて」

「このまま手で食べていいんだよね？」

「うん、ちょっと手が汚れるけどそのままガブッと」

俺がそう促すと、三人はすぐに両手でハンバーガーを豪快に掴む。

ハンバーグの匂いに長く当てられていたので、もう堪らないのだろう。

その中で特に真剣な面持ちをしているのは肉屋であるカルロ。様々な角度からハンバーグを眺め、肉汁や焼き加減、混ざっているタマネギなどをチェックしている。

何だか俺の作るハンバーグの品定めをされている気分でちょっと緊張するな。

そんな中、ダスティが大きな口を開けてハンバーガーに齧り付いた。

そして即座に上がるダスティの雄叫《おたけ》び。

「うめえ！」

「うむ、レタスの瑞々しさと歯応えを殺していないな。さすがはアベルさん、見事な包丁捌きだ」

「いや、確かにそれも味の一員だろうけど、そこまでレタスに拘るかよ」

「何を！　このレタスがあるからこそ食感にアクセントがついて、味の強いハンバーグをスムーズに食べ進められるのだぞ？　言わば、このレタスが中心だと言えるだろう」

「いや、ちげえだろ。パンがこの肉汁を吸い取って、全部の食材の味を調えてるんだよ。そもそもパンで挟む料理なんだ。パンが主役に決まってるだろ？」

ああ、もう拘りが強い奴等は面倒だな。

でも、だからこそ、相談してみてよかったと思う。軽く説明したとはいえ、一口食べただけでこの料理の奥深さと、それぞれの食材の役割を理解しているのだから。

「まあまあ、ハンバーガーはどれもが主役だから」

俺がそう言い聞かせると、ハルトとダスティはとりあえず納得したのか、食べるのを再開しだした。

さて、続いてはカルロ。入念にハンバーグをチェックしたカルロがハンバーグを口にする。肉屋の息子ということだけあって、数多の肉を食べてきているだろう。そんなカルロにとって、ハンバーグはどうなのだろうか。

「……想像していた以上に美味しい。多分、これはエイグファングの肉だよね？」

「うん、そうだよ」

さすが肉屋の息子。一口食べてみただけで使っている肉を当ててみせた。

「このままでも十分美味しいけど、他の肉と混ぜてみるのもいいかもしれないね。上手くいえないけど、まだ伸びしろがあるような気がするんだ」

確かに。ハンバーグといえば挽き肉であるが、牛肉だけのもの、豚肉を混ぜ合わせたものなど種類がある。中には豚肉だけを使ったポークハンバーグなども。

エイグファングの肉がいいと決めつけずに、他の肉などもハンバーグにしてみるのもいいだろう。

「うむ、レタスもそうだな。これだけ肉の味とソースの味が強いのであれば、それを受け止めきれるレタスがいい。もっと歯応えのある葉野菜でもいいかもしれないな」

先程ハルトが言ったように、この中で一番食感が際立つのはおそらくレタスだ。

色々な種類を試してみてもいい。

「パンはもっと甘味や塩味も少なく、タレや肉汁を受け止めきれるやつがいいかもな。このパンじゃタレや肉汁の吸収が悪くて、手にまでタレがかかっちまうしよ」

「そういうパンはダスティのところにある？」

このパンはあくまで、パン単体として食べることを考えられたものだ。ダスティの指摘したような、食材で挟むために味を薄めにされたものではない。

「……いや、ねえな。ちょっと俺が作ってみる」

「さすがはパン屋の息子、頼もしいね」

「うるせえ、茶化《ちゃか》すなよ」

ないから俺が作るとはカッコいい言葉だ。

俺が褒めてやると、ダスティはわかりやすく照れた。

「色々ダメだしみたいなのしちまったけど、めっちゃうめぇよ。こんなもの考えたトーリの方がすげえだろ」

「確かに。これなら他のサンドイッチよりも目新しいし、絶対に売れると思う」

「ああ、俺達がそれぞれの知識と経験でさらに良いものを作れば完璧だな！　もっと美味しくなる！」

なんだろう、急に三人から褒められると照れてしまうな。

前世の料理を再現してみただけだけど、これはこれで嬉しいものだ。

「ありがとう。それじゃあ、早速皆で色々考えてみようか」

「ああ。だけど、まずはお代わりだトーリ！」

「一個じゃ足りない」

「俺もだ。今度はレタス多めで頼む」

そんな風に皿を突き出してくる三人のために、僕はさらにハンバーガーを作るのであった。

パテの完成

Tensei shitara yadoya no musuko deshita

ハンバーガーをダスティ、ハルト、カルロに食べさせると、喜んで研究してくれることになったので僕は専門家である彼らに任せることにした。

自分は知識としてのハンバーガーを知っているが、前世で専門店を営んでいたわけでもないのだ。それぞれの材料のことは専門家に任せていくのがいいだろう。

そう思ってしばらく過ごしていると、客足の穏やかな日中にカルロがやってきた。

カルロにはハンバーグの肉の選定を頼んでいたので、より良い組み合わせができたのだろう。

「トーリ、ハンバーグできたよ」

「おお、本当⁉」

楽しみにしていたので思わずテンションが上がる。

すると、カルロはこくりと頷き、手に持っている紙袋の中身を見せてくれた。

「持ってきたから、ここで焼いてもらっていい？」

「うん、勿論」

今は食堂内に客もいないし、外から泊まりにくる旅人もあまり入ってこない時間帯。

父さんとレティは四階で休憩し、母さんは庭掃除をしている。

僕が厨房でハンバーガーを研究していようと問題はないな。

厨房に移動して手洗いをすると、カルロは紙袋から二つの肉の塊をまな板の上に置いた。

「おお、これがパテに使った材料？」

「うん、二種類を使ってみたんだ」

二つの肉の塊を見ると、片方はすぐにわかった。

「こっちはエイグファングってわかるけど、もう片方は何かわからない」

赤々としたエイグファングの肉よりも一回り大きなもの。これが何の肉かがわからない。

「トーリが前に店で見た肉だよ」

「前にお店で？」

うちの肉はほとんどカルロの肉屋で買っているが、前に僕がカルロの店に訪れたのはアイラと父さんと一緒に行った時。その時に父さんは……。

「あっ、ブラックバッファロー？」

「正解」

カルロの笑いながらの言葉に、頭の中にあったモヤが晴れたような気分になる。

そういえば、父さんはブラックバッファローの肉とエイグファングの肉で悩んでいたものだ。

「へー、なるほど。それで二つの肉をミンチにして混ぜ合わせたんだ」

「うん、エイグファングが七でブラックバッファローが三かな?」

「大まかな割合はそれくらいってことだね。助かるよ。そこまで調べるの大変だったんじゃない?」

「大変だった。毎日肉をミンチにして、自分で作って食べてた。もう当分はハンバーグを食べたくない」

どこか死んだ魚のような目で虚空を見つめるカルロ。

うん、さすがに肉が大好きな肉屋の息子でも、毎日のように肉をミンチにして食べるのは辛かったようだ。

二種類の肉を混ぜるだけでも、割合を試していれば膨大《ぼうだい》な量になる。それを何種類も試していたのだから、とてつもない苦労だ。

本当はこのパテすら見たくないのではないだろうか。

「ありがとう。じゃあ、早速焼いてみるね」

「うん、俺の分は焼かなくていいから」

パテをフライパンの上に乗せると、カルロはもう見たくないとばかりに厨房を出て行く。

肉が大好きなカルロがああなってしまうだなんて、余程の苦労だったのだろう。

肉が焼けるのを待っている間に、僕はカルロにフルーツジュースを作ってあげた。

すると、カルロがそれを飲んで、心なしか顔に生気が戻った。

ハンバーグが焼けると、まずはそのまま食べてみる。

「僕が作ったハンバーグより硬いけど、肉の旨味がギュッと詰まっている気がする」

「うん、前のハンバーグは単体としては十分美味しいけど、ハンバーガーとして食べるなら柔らかさを抑えて、もっと食べ応えがある方がいいと思ったんだ」

前世のハンバーガーでも俺の作ったハンバーグみたいに柔らかくなかった。パンで挟むことを考えて少し硬めに仕上がっていた。

カルロはそれと同じように調整してくれたということだろう。

試しにパンとレタスとトマトで挟んで食べてみると、こちらの方が食べ応えがあった。

「ハンバーガーとして食べるならこっちの方がいいね」

「ハンバーグとして食べるならトーリの作ったものの方が美味しくて正解だろうけど、ハンバーガーとして食べるならこっちの方がいいと思う」

正直ハンバーグ単体の美味しさで言えば、僕が作ったものの方が美味い。

だが、何故か他の具と一緒に食べるとなるとカルロの作ったハンバーグの方が何倍も美味しく感じられるのだ。

「ありがとう。ハンバーグはカルロの作ってくれたこれでいくよ」

「よかった。俺が苦労した甲斐があったよ」

カルロにハンバーグの調整を頼んだお陰で思わぬ発見が得られた。

さすがは肉屋の息子だな。

「じゃあ、これを主軸にハルトに野菜を選定してもらうよ」

「うん、頼んだよ。ハンバーガーが完成に近づいたらまた呼んで」

俺がそう言うと、カルロは満足したのかにっこりと笑って去る。

きっと肉屋を途中で抜けてきてくれたのだろう。毎日の営業がある中、ハンバーグの調整をしてくれたカルロに感謝だな。

カルロの努力を無駄にしないためにも、美味しいハンバーガーを完成させないと。

二つのレタス

ハルトとダスティにはどの食材もメインだとは言ったが、中心となる食材を決めなければ合わせることもできない。

だが、カルロがいいハンバーグを完成させてくれたお陰で、他の食材も前に進めるようになったのだ。

そんなわけで僕は、カルロの残してくれたレシピでハンバーガーを作り、それを手にしてハルトの店にやってきた。

エプロンをつけたハルトは、何やら一人の女性客と話し込んでいる模様。

「なに？　子供がジャガイモを食べてくれない？　安く日持ちもして、腹持ちもよく、体にもいいと、良いこと尽くめのジャガイモを嫌うとはなんて勿体ない！」

「え、ええ、嫌いなのか少しでも混ぜると食べてくれなくて。なにかいい料理方法はないかしら？」

女性客が若干引きながらも尋ねると、ハルトの眼鏡がきらりと光った。

「オススメがあるぞ！　ジャガイモの皮を剥いて薄くスライスして焼くんだ。そこにトマトソースやチーズを乗せて焼いてやればいい！　ジャガイモは苦手かもしれないが、チーズやトマトの組み合わせを嫌う子供は少ない！　あとはグラタンに混ぜるのもいい！」

ジャガイモへの熱意こそ異常であるが、ハルトの言っていることは簡単で理にかなっているものであった。

それなら、ジャガイモが苦手であるという子供でも食べてくれそうだな。

想像してみたらとても美味しそうだった。

「なるほど、それなら食べてくれそう。わかったわ、それで試してみるわ。ジャガイモを六つちょうだい」

「毎度あり！　ついでにソースにおすすめのトマトもあるが？」

「うふふ、じゃあ、それも」

ハルトがここぞとばかりに店のトマトを売り込むと、女性客は微笑ましく笑いながら景気よく買ってくれた。

ハルトは野菜に対する熱意が高く、最初に会う人は大概引いてしまうのだが、持ち前の話術と知識で皆を虜にしてしまうんだよなぁ。

聞いていると面白いし、身近な食生活に関係するせいか非常にためになる。それに何より野菜が好きだということがわかり、商売をしていても圧迫感を感じない。

本当に八百屋の息子の鏡のような存在だ。

感心しながら眺めていると、女性客を見送ったハルトがこちらを振り向いた。

「おっ、トーリか。うちの野菜を買いにきたのか？　今日はいいジャガイモが手に入ってオススメだぞ？」

「残念だけど今日は買い物じゃないんだ。カルロがハンバーグを完成させてくれてね」

「おお、遂にできたか！」

「肉を変えたハンバーガーを持ってきたから食べてみて」

事前に作っておいたハーフサイズのハンバーガー。包みから取り出したそれをハルトは掴んで食べた。

「おお、この前よりも食べ応えとインパクトがあるな！」

やはり、僕の作ったハンバーガーより、カルロの作ったハンバーグを挟んだハンバーガーの方がいいようだ。

一口食べただけでそれがわかるって相当な進化だね。

小腹が空いていたからか、ハルトはハーフサイズのハンバーガーをぺろりと平らげてしまう。

「この肉に負けない葉野菜を選べばいいのだな？」

「うん、葉野菜もハンバーガーの主役だからね」

「任せろ！　既に大まかな選定は済ませてある！」

僕の言葉を聞くなり、ハルトは籠を手に持つと、いそいそと陳列されている棚から食材を抜き取る。

そして、二つの葉野菜らしきものを見せてきた。

一つは普通のレタスよりも二倍以上の大きさを誇る玉レタスのようなものと、花弁のように巻かれているレタス。

後者はブーケレタスと知っているが、前者の方は知らない。

なんだこのお化けレタスは。

「この大きなレタスは何？」

僕が指をさして尋ねると、ハルトはよくぞ聞いてくれたとばかりに語る。

「最近、仕入れ先の村で栽培している王様レタスだ！」

「王様レタス？」

「ベジリタスという魔物からとれた種を植えて育った葉野菜だ。何よりの特徴は、王の名を冠するに相応しい圧倒的な大きさだ。それに瑞々しさや食感も一級品だ」

「魔物からとれた種って大丈夫なの？」

ハンバーグに使っている肉はどっちも魔物肉だが、聞いたことのない魔物の食材だと少しだけ気になる。

「安全性も確認されて栽培に入っている。安全は保証しよう。まずは食べてみろ」

ハルトに籠を突き付けられて、僕はおずおずと王様レタスに手を伸ばす。

すると、王様レタスは根本からあっさりと取れた。普通のレタスよりも大きくて葉が立派なので固そうなイメージを抱いていたがそうでもないようだ。

試しに一口齧ってみると、シャキシャキとした歯応えが口の中に広がる。そして、なにより――。

「瑞々しくて甘いね」

「だろう？　ドレッシングをかけずともそのまま食べられるくらいだ」

どこか自慢げに笑うハルト。

確かにこれなら、その瑞々しさと甘みだけで十分に食べられる。野菜が嫌いだという子供でも食べてしまいそうだ。

「いける、この王様レタスはハンバーガーで使えるよ！」

「ああ、だけど挟むものはそれだけでない！　ブーケレタスもだ」

ハルトが追加で差し出してきたのは、僕も知っているブーケレタスだ。まるで花のブーケのような形をしていることから、その名前がついている。柔らかな葉と色鮮やかな色合いが特徴的だ。

「瑞々しさとシャキシャキ感のある王様レタスと柔らかさのあるブーケレタス。この二種類の葉野菜を使うことを俺は提案する」

「なるほど、サラダみたいに複数の野菜を使うことで食感のアクセントを付けるんだね」

「そういうことだ。宿屋で料理を出しているだけあって理解が早いな」

サラダを作る時は、味や栄養面や色合いは勿論のこと、食感を大切にする。

どうせなら食感すらも味わって楽しく食べたいからね。その努力とハルトの厳選した野菜のお陰か、うちではサラダも結構な人気なのだ。

「ちょっと試しに挟んでみるよ」

用意していたハンバーグとパンを包みから取り出し、ハルトから貰った王様レタスとブーケレタスでそれらを挟む。

そして、また新しくなったハンバーガーをその場で食べる。

パンの味と完成されたハンバーグ。それらはとても美味しいのであるが、水分がなくなるし食感が似たようなもの。

だけど、そこに王様レタスとブーケレタスが加わることによって異なる食感のハーモニーと瑞々しさが生まれた。

味の他に彩りと食感が加わることにより、ハンバーガーはまた一つ美味しく、食べやすくなった。

「うん、断然美味しくなったよ」

「ハハハ、そうだろう！　この日のためにいくつもサンドイッチやハンバーガーを作っては試行錯誤したからな！」

うん、道理で準備がいいと思ったよ。

ハルトもここまでの答えにたどり着くのに、色々と実験して考えてくれたんだな。

「うん、この二つを採用！　と言いたいけれど、王様レタスはいくらするの？　売り物にする以上、仕入れ額が高いと困るんだけど？」

ブーケレタスは日常的に使っているので、値段も知っている。

だけど、この王様レタスとやらは予想がつかない。

素晴らしい食感と瑞々しさを発揮するレタスであるが、売り物にするための仕入れ額が高くては意味がない。

「……ちょっと待て。これは売り物にするのか？」

「あれ？　言ってなかったっけ？」

「聞いてないぞ」

ハルトにはっきりとそう言われて、振り返ってみるとそんなことは一度も言ってなかったことに気付いた。

「ここまでいいものができたんだから屋台で売ろうよ。そして、その売り上げを四人で分ける」

快適なスローライフを送るために魔道具を手に入れることは必要だ。そのためにはたくさんのお金が必要になるわけで。

これほどクオリティの高いハンバーガーができるなら、十分に売り物になると思う。

「てっきり俺はいつもの如くトーリの趣味でやっているのかと思ったが、それもいいな。面白そうだ」

眼鏡をクイッと持ち上げてニヤリと笑うハルト。

きっと、ハンバーガーの売り上げで好き放題遊ぼうと考えているんだろう。

「上手く儲かれば、希少な野菜をたくさん仕入れることもできるし、農家に投資をすることもできる！　今まで手を付けられなかった野菜も大量に買い付けることができるぞ！」

まったく考えていなかった。相変わらず野菜中心の欲望だった。

「すごいね、その年で農家に投資なんてしていたんだ」

「自分の好きな野菜を育ててもらっているのだ。お金を払うのは当然だろう？」

ううん、それはそうだけど、野菜のためにそこまでしている子供は滅多にいないだろうな。

「で、結局のところ王様レタスの値段はどうなの？」

「うむ、ハッキリ言って、まだ栽培段階であまり市場に流れていないので正確な値段がわからん！　俺のところでも最近様子を見るために少数を置いているくらいだ」

おずおずと尋ねると、ハルトはきっぱりとそう告げた。

「値段がわからないって逆に怖いね」

「まあ、値段については大丈夫だろう。仮に爆発的な人気が出たとしても、俺の店だけには安く卸してくれるだろうから問題ない」

ハルトがそこまで自信満々に言い切るのであれば大丈夫だろう。

「ハルト、なんて君は頼りになるんだ……！」

「魔物の種からできた野菜と聞いて引いていた癖に、一気に迷いがなくなったな……」

魔物の種からだろうと関係ない。美味しくて安ければそれでいいんだ。

そんな感じでハルトに違う種類のトマトも提案されてそれを採用。

ハンバーガーに必要な野菜はこれで全て整ったことになる。

後はダスティがパンを仕上げてくれれば完成だな。

ハンバーガーの完成

カルロにハンバーグ。ハルトに二種類のレタスとトマトなどの具材を選び抜いてもらった。後はダスティがそれらの具材を見事に包み込めるパンを作ってくれれば、僕達のハンバーガーは完成だ。

残りのチーズは専門家がいないので、どうしようもないけど皆の食材とぶつかり合うようなものでもなければ大丈夫であろう。

そんな訳で僕は、選定された食材を持ってハルトの店から、その足でダスティのパン屋へ。

雑然とした市場を抜けて南下すると、人通りが少なくなって歩きやすくなる。

そして、のどかな南の広場にたどり着くと、そこに面するダスティのパン屋があった。

時刻は日中を過ぎて小腹の空くおやつの時間帯。ダスティの店の中には、小腹を空かせた数人の客がパンを選んでいる様子だった。

お陰で店員であるダスティも焼き立てのパンの提供や精算で忙しそうだ。

僕は店の傍にあるベンチに座って、客足が減るのをのんびり待つ。

深く腰をかけて背もたれに身を任せる。そのまま顔を上げると、視界には澄み切った青い空と僅かに浮かぶ雲が。

今日はとても天気が良く、気温も暖かいので絶好の日向《ひなた》ぼっこ日和《びより》だ。

広場には僕と同じようにベンチに座る老夫婦がいたり、待ち合わせをしていた子供達がはしゃぎ回っていたりと平和だ。

時折、吹き抜ける心地良い風を感じていると、ふと眠気が襲ってきた。

「おい、俺に用があるんじゃなかったのかよ」

このままひと眠りでもしてしまおうかなと目を瞑ると、聞き覚えのある乱暴な声といい匂いのする紙袋が降ってきた。

思わず目を開けると、そこには白いコック服のようなものを身に纏ったダスティが、相変わらず不機嫌そうな顔で見下ろしていた。

「ああ、ダスティ。仕事は？」

「落ち着いたから休憩だ。ほら、それよりこれ持て」

これ、というのはおそらく頭の上に乗せられているパンが入っているであろう紙袋だろう。

それを手で掴んで、太ももの上に乗せる。

すると、ダスティは僕の広げた足を蹴って、強引にベンチに座ってきた。

ああ、ベンチを一人で占有しているのがちょっと楽しかったのであるが仕方がない。

「ところで、このパンってもしかして？」

「ハンバーガーに使うパンだ。だけど、それは味と生地を整えただけの試作品だ。これ以上は他の具材を知らねえとどうしようもねえ」

おお、てっきりカルロとハルトの選別した食材を見てから、作るものだと思っていたが、できる分は既にチャレンジしてみてくれたようだ。

カルロもハルトもダスティも仕事が早くて本当に助かるな。前世で社畜を経験している分、この有難さがよくわかる。

ダスティの仕事の速さに感動しながら、僕は香ばしい匂いを放つ紙袋を開ける。

そこには僕が事前に伝えていたような、円形に膨らんだパンがいくつも入っていた。

「複数あるけどこれは？」

どれも微妙に色や大きさが違う気がするが、僕にはどのような違いかがわからない。

「微妙に甘さや生地の密度を変えてるんだ。トーリの言っていた生地の形、こんな感じで合ってるよな？」

「うん、これとこれは膨らみすぎだけど、これなんてちょうどいいと思う」

ダスティに尋ねられて、僕は想定しているハンバーガーのパンに一番近いものを選んだ。

「発酵による膨らみ具合はそんくらいか……わかった」

ダスティはそのパンをまじまじと見つめると、記憶に焼き付けるように呟く。

「後は食材との兼ね合わせ次第だね。カルロのハンバーグとハルトのレタスとか持ってきてるから、後はそれと合わせて最終調整できる？」

「なんだ、もう既にあるなら先に言えよな！」

僕が食材の入った包みを出すと、ダスティがそれをかっさらった。

いや、ダスティがいきなりパンを渡してきたから言いそびれただけなんだけど、まあいいや。

食材を受け取るとダスティは満足そうに笑って立ち上がった。

「んじゃあ、後はこれで再調整するから三日後にきてくれ！」

そして、ダスティは包みを持ってパン屋へと走っていった。

多分、食材を挟んで早速食べてみるのだろうな。そして、その上で改めてパンの調整に入るに違いない。

とはいえ、今あるものでもかなりの完成度があるように思えるな。

僕はダスティに貰ったパンを一つ掴む。それだけで香ばしい小麦の匂いがして、どこか食欲をそそる。触るとふんわりとしていて、程良い弾力もある。

美味しそうな香りを放つそれを口にすると、口の中に芳醇《ほうじゅん》な小麦の香りと僅かな甘みが広がった。

そして、食感は見事なフワフワ感もあり、ガサガサとしていたりモチモチしすぎていることもない。

「うん、パンだけでも美味しい」

ダスティの作ってくれた試作品の美味しさに、僕は今から美味しいハンバーガーができ上がるのを確信していた。

◆

ダスティが食材を元に調整したパンを作ると、遂に僕達のハンバーガーが完成。

僕はそのお披露目をするべく、ハンバーガーの監修に関わってくれたカルロ、ハルト、ダスティを呼んで試食会を開いたのだが、僕達以外の人も周りでたむろしている。

ミハエルにアイラ、ウルガスにナタリア、ヘルミナ、ラルフ、シークといった感じで、ほとんどが僕の宿に泊まっている客だ。

「……これどうなってるの？」

「知らねえよ。俺達が座ると、どこからともなく現れやがったんだ」

座っているダスティに尋ねると、そのような返事が。

どうやらダスティ達が呼んだわけではないらしい。

「皆は何してるの？」

「ふっ、それはトーリ君が新しい料理を完成させたからに決まっているじゃないか。今日はその試食会だろ？　僕達も食べさせてもらいにきたのさ」

僕の質問にミハエルが代表として答え、その言葉に同意するように他のメンバーも頷く。

どうやら僕達のハンバーガーの試食会に無理矢理にでも混ざる魂胆らしい。

「にしても、よく今日が試食会だってわかったね」

今日は皆がゆっくりと時間をとれるように日付を調整しての試食会だ。昼食を過ぎた日中という時間もあり、偶然見つけて集まるには難しいと思うのだが。

「ここ最近、ハンバーグを作ってはやけに忙しそうにしていたからな」

「ずっとその足取りを追っていたんだ」

どうやらラルフとシークが僕をつけていたようだ。全然気づかなかった。

さすがは冒険者だけあって、そういう技能も――って、そんなことしていないでちゃんとギルドで依頼を受けて仕事しようよ。君達のパーティーって、そこまで財政に余裕がなかったよね？

どこか力と時間の使い道を間違っている気がする。

「私だけ仲間外れにして料理の開発をするなんて酷くない？　今度は私も混ぜてよね？」

アイラは同年代の中で一人だけ仲間外れにされてしまったことが不満なのだろう。ちょっと拗ね気味の言葉だ。

「じゃあ、今度一緒に屋台でもする？」

「ええ？　新しい料理を屋台で売るの？」

「うん、せっかく皆でいいものができたから売ってみようかなって」

このことはハルトだけではなく、ダスティやカルロにも共有済みだ。ただ、この中で一番自由に働けるのが僕なので、屋台営業のほとんどは僕が受け持つことになっているけどね。

まあ、毎日出店するわけでもないし、気ままにできる時にやればいいから苦労はしないだろうと思っている。

「何それ、面白そう！　私もやるやる！」

屋台での営業に見事に食いついて機嫌を直すアイラ。

よかった、これで仲間外れにしてしまった件については許してもらえそうだ。

「ねえ、そろそろお腹が空いたわ。今日はトーリの新作が食べられるって聞いて、お昼を抜いているのよ？」

「そうよ！　いい加減お腹空いたー！」

「…………！」

ホッとしているとナタリアとヘルミナ、ウルガスが催促するように言ってくる。

今からこの人数を追加分で作らなければならないのか。

「まあ、いいんじゃねえの？　俺達のハンバーガーをお披露目するいい機会じゃねえか」

「屋台で売り出す前に大勢の意見を聞ける」

「とはいっても、作るのは僕なんだけどね」

まあ、今日はハンバーガーの試食会をやると決めていたので、事前に多めに作っておいたのが幸いか。後はハンバーグに火を通して、具材を挟んでやるだけでできる。

早速、僕は厨房に入ってフライパン二つに、ハンバーグを四つずつ乗せて焼いていく。

そして、ハンバーグを焼いている間に、ハルトが持ってきてくれた王様レタスとブーケレタスをカット。

そして、ハンバーグが見事に焼き上がると、ダスティが持ってきてくれたふわふわのパンの上に乗せてソースをかける。その上にスライスチーズとトマトを乗せて、王様レタスとブーケレタス、最後にパンで蓋をした。

「はい、ハンバーガーの完成！」

「おお！　これが新作の料理、ハンバーガーか！　なんていい匂いなんだ！」

二つのお皿に四つずつ盛り付けて、テーブルに乗せるとミハエルが興奮のあまり手を出してしまう。

が、それはアイラの腕に弾かれた。

「ダメよ。ミハエル、今日はトーリ達の試食会なんだから私達は後よ」

「うう、これほど美味しそうなものを前にしてお預けとは……」

食がもっとも楽しみといえるミハエルからすれば、ハンバーガーのお預けはかなり堪えるようだ。

「いや、俺達は後でいいぜ」

「そうだね」

「作る段階で散々食べたからね」

「自分で食べるより他の人が食べた反応の方が気になるからな」

僕達は既に何回も食べてしまったからな。自分達で食べて楽しむよりも、他の人が食べて美味しいと言ってくれるかの方が気になる。

他の三人も同意見なので、先にヘルミナ達のテーブルに配膳。

そして、アイラ、ミハエル、ウルガス、ナタリアが座っている席に向かう。

こちらはミハエルがいるからか、真っ白なテーブルクロスが敷かれており、そこだけ高級レストランのようだ。

「お待たせしました、新作料理ハンバーガーでございます」

なんとなく雰囲気が出ていたので、ウェイター風にお届けする。

すると、皆の視線がハンバーガーに集中した。

「パンで挟んでいるけどサンドイッチと微妙に違うわね？」

「具材の色合いが美しく、食欲をそそる！」

前のめりになってナタリアとミハエルが観察する中、アイラが首を傾げながら尋ねてくる。

「ねえ、トーリ。パンで挟んでるってことはこのまま手で食べればいいの？」

「うん、そうだよ。そのまま手で掴んで齧りつく感じ」

「あら？　こんな大きいものを？」

娼婦のナタリアがそういう風に言うと、卑猥に聞こえてしまうからやめてほしい。

「ナイフとフォークで食べてもいいけど、どうする？」

「ううん、このままいく！」

アイラはそう言うと、小さな口を精一杯大きく開けて食べた。

「んん！　美味しい！」

驚いたように目を見開いて叫ぶアイラ。

そして、同時に後ろでもヘルミナ達の驚愕の声が上がる。

「ヤバい、これ！　いくらでも食べられる！」

「うんめえ！　さすがはハンバーグを使ってるだけあるな！」

ハンバーグが大好きなラルフは特に嬉しいようで、凄い勢いで食べている。

「具材の相性が完璧だ！　こうしてたくさんの具材が挟まっているのにまったく味が喧嘩していない！」

「へへ、当然だ。俺達が力を合わせて調整したんだからな！」

ミハエルの賞賛の声にダスティが得意げに語る。

「とても美味しくて癖になる味だわ」

「……っ！」

ナタリアの言葉に続いて頷くウルガス。

というか、ウルガスは兜を被っているのにどうやって食べたのだろうと思ったけど、気にしないことにした。

「これ、屋台で売り出すのよね？　絶対に売れるわよ！」

「屋台で出すって本当か⁉　俺、これが出るなら毎日でも買うぜ？」

「そうね、普通のサンドイッチよりもこっちの方がずっといいわ」

皆の口々から漏れる称賛の言葉に、僕達は手を合わせ鳴らす。

「へへっ、やったな！」

「皆で苦労して作った甲斐があったね」

得意な分野を持つ皆がそれぞれの知識と経験を結集して作ったものだ。美味しくないはずがないよな。

屋台準備

僕が厨房に入ると、そこには既に父さんがいて朝食の仕込みを始めていた。

「おはよう」

「おお、トーリ。今日は早いな。屋台の準備か？」

「うん」

そう、僕は宿屋の従業員としての意識の高さに目覚め——たわけではなく、完成させたハンバーガーを屋台で売るために仕込みをしにきたのだ。

王様レタスやブーケレタス、トマトなどは屋台で切った方がいいのだが、パテをそこで作るには不便。だから、ここでパテだけは作ってしまって持っていこうという作戦だ。

屋台料理は一日で六十食も売れれば十分と客から聞いたので、今日は五十食ほどを作ろうと思う。

本当はもっと眠っていたかったけれど、これだけの数を作るとなるとどれだけ時間がかかるかわからないから早めに起きるしかないよね。

水壺に汲んである水を使って流しで手を洗うと、僕はカルロが用意してくれたエイグファングとブラックバッファローの肉を包丁でミンチにする。

ああ、この作業が果てしない。ミートチョッパーとか作って簡単にミンチにできないだろうか。作業自体はそれほど難しくないはずなので、ハンバーガーが売れるようになったら物作りが得意な客に相談してみようかな。

「にしてもトーリが自分から屋台をやるとはなぁ」

僕が自主的に屋台をやることが意外なのか、父さんが感心の声を漏らす。

そんな風に呑気に話していても、キャベツを切るリズムが乱れないのはさすがだな。

「皆でいいものが作れたから売れるかなーって。それに欲しいものもあるし」

「トーリがそんなことを言うとは珍しい。何が欲しいんだ？　俺が買ってやろうか？」

僕の言葉に反応して父さんが振り返る。

「ええ、いいの⁉　冷気を出す魔道具なんだけど」

「そっか。精々頑張って屋台で稼ぐんだな」

「ええっ、ちょっと！」

僕が詳細を伝えると、父さんは今の話は無かったと言わんばかりにキャベツに向き直った。それでも僕が必死に交渉しようと話しかけるも、わざとらしく包丁で叩きつける音を上げて拒絶してくる。

一瞬だけ見せた父親としての優しさは最早なくなってしまったようだ。

諦めて肉をミンチしていると、また父さんが尋ねてくる。

「しかし、冷気の魔道具とはまた高い物を欲しがるな。そんなもの何に使うんだ？」

「え？　夏とかに部屋の空気を下げて気持ちよく過ごすためだけど？」

「……それだけか？」

僕が魔道具の用途を語ると、父さんは呆気にとられたような声を出す。

それだけとは何だ。冷気を出すだけの魔道具にそれ以上の何の使い道があるというのか。

「それだけって、快適な空気の中で眠る至福さを父さんはわかってないね？」

「わかるか。俺だったらそんなものを買うよりも美味い飯を食ったり、宿の設備をよくするからな」

うちの宿も建ててから十年以上は経過している。今のところ目立ったところで異常はないが、見えないところではボロが出ている。この間は、豪雨のせいか三階で雨漏れが発生してしまったしな。

人の通らない廊下の隅だから良かったものの、部屋の中や一階であるなら即座にアウトだろう。

うちも継続的に利益を出してはいるが、客からあまりお金は取らない主義なのでボロ儲けとはいかない。

だからこそ、そんな高額な魔道具を買うなら、自分が屋台でも出して稼ぐしかないと思ったのだ。

快適な生活を送り続けるために、少しくらいは頑張らないとな。

そのために一番の近道は屋台だね。

◆

仕込みを終えて宿の外に出ると、アイラが待っていた。

パテを入れた箱と調理道具一式を持っていくと、こちらに気付いたのかアイラが振り返って笑う。

「おはよう、トーリ！　ちゃんと起きて仕込みできたみたいだね！」

「そりゃ、これをしていなかったらハンバーガーが作れないしね。というか朝からテンション高いね」

「だって、大人の手伝いじゃなくて私達だけで屋台をするなんて初めてだもん。すごく楽しみ！」

アイラは、今日僕が屋台をするのを手伝ってくれる協力者だ。

さすがに食材などを一人で準備して、ハンバーガーを作って、お金の清算まで一人でできる気がしないからな。

本来であれば、一緒に作ったカルロやハルト、ダスティが手伝ってくれるのが当然なのだが、彼らは実家の店がかなり忙しい。

カルロは一人っ子だし、ダスティは妹がまだ幼い。ハルトは姉さんがいるが、先日言っていた王様レタスを育ててくれている農家への訪問などで動けない。

結果的に自由に動けるのは宿屋である僕とアイラだけだったのである。

まあ、その分彼等には食材の配達を頼んであるので、まったく協力しないわけではないけどね。

「でも、全部売れるとは限らないからね？　初日だし二十食も売れたらいいほうじゃないかな」

「別に売れても売れなくてもいいのよ！　私達だけでやれるっていうのが楽しいんだし！」

まあ、こういうのは文化祭的な個人の店のようなものを経営するのが楽しいのだろう。だから、アイラの気持ちはわかる気がした。

でも、氷の魔道具を手に入れることを目的としている僕的には、売れてくれないと困るけどね。

「それじゃあ、まずは屋台を借りに行こっか！　調理道具持つね！」

「ありがとう、助かるよ」

木箱の上に乗せている調理道具一式が入った革袋を持ってくれるアイラ。

パテの入った木箱を持ちながら革袋まで乗せているのはきつかったので助かる。

荷物を分けた僕とアイラは、そろって屋台街へ歩き出す。

この街で屋台を開く時は、誰でも好きな場所でできるというわけでもない。

きちんと屋台を取りまとめてくれている市に行って、そこにいる人に許可を貰って場所を振り当てられるのである。当然それには場所代も支払わなければいけないし、僕達は屋台も持っていないので借りなければならない。

朝早いせいか少し閑散としている屋台街を進んでいくと、奥にある市では多くの人が並んでいた。その人達は多くの食材や調理道具を担いでおり、僕達と同じように屋台を借りるのだろう。

やがて次々と人が捌かれていき、僕達の番となる。

「屋台の貸し出しと営業の許可をお願いします」

「何を売るんだ？」

「ハンバーガーです！」

「は、はんばーがー？」

ぶっきらぼうに尋ねてくる男性にアイラがにこやかに告げるがわかるはずもない。

だって、僕達が勝手にそう呼んでいるだけだから。

「パンに焼いた肉や野菜を挟むサンドイッチみたいなものです」

「ああ、サンドイッチか。ここに名前を書いてくれ」

わかりやすく言うと男性は納得してくれたのか、手続きを進めてくれる。

そこに僕とアイラはそれぞれの名前を書き、身元となる宿屋の名前を書いておいた。

こうすることで後で何かあった時に、すぐに連絡もとれるしな。

「屋台の貸し出しと場所代で銀貨二枚だ」

「あたしも一枚出すね」

「いや、今日は手伝ってくれるし、いいよ」

そう言って、僕は先に男性に銀貨二枚を支払い、それと交換に許可証となる木札を貰う。

手伝ってくれるアイラにお金を出させるわけにはいかないし、そんなことが父さんやレティにバレたら何を言われるかわかったものではない。

「屋台はそこに置いてあるものを自由に持っていってくれ。汚したり、壊したりするなよ？」

「「はーい」」

睨みを利かせてくる男性の言葉に怯むことなく、僕とアイラは返事をする。

身体も大きくてちょっと強面《こわもて》な彼であるが、宿屋で働いている僕達は慣れっ子だ。

男性が指をさしたところに速やかに向かうと、その中から使いやすそうで綺麗な屋台を選ぶ。

高さは約二メートル、横幅は一・五メートルくらい。奥行きは八十センチくらい。骨組みは丸太の造りで、頭上には雨避けとして皮のようなものが張られており、車輪のついた移動式だ。

調理台のところには窪みがあり、そこに七輪のようなものがはめられており、そこで鍋やフライパンに火をかけたり、鉄板を上に置いたりするのである。

これがこの世界での一般的な屋台だ。中には熱を発する魔道コンロがついているものもあるけど、さすがにおいそれと借りられる値段ではないのでスルーだ。

僕が前を引っ張り、アイラが後ろに回って押して歩く。

「場所はどこ？」

「隣の通りだね」

木札の裏を見ると簡易的な地図があり、僕達が陣取るべき番号が書かれていた。

その場所にたどり着くと、番号が書かれた場所があるって感じ。

「わかった！　早く行こう！」

「うわっ！　ちょっと押さないでよ！」

アイラに後ろから押されながら、僕は速足で屋台を引っ張って進むのだった。

料理開始

Tensei shitara yadoya no musuko deshita

「あった！　ここね！」

木札に書いてある地点にたどり着いたアイラと僕は、早速とばかりにそこに屋台を設置。

周囲では僕達と同じように屋台を置いて、営業の準備をし始める人々がいた。

空白の場所が次々と埋まっていき、屋台が立ち並んで賑わっていく。

まるで今から祭りでも始まるんじゃないかと思えるもので、その一員でもある僕達もワクワクした。

「おはよう、今日はよろしくね！」

アイラと一緒に荷解《にほど》きをしていると、僕達の隣に威勢のいい声を上げる女性がやってきた。

一人しかいないようだが、この女性も隣で屋台を開くようだ。

返事の挨拶を返すと、アイラが興味深そうに尋ねる。

「お姉さんは何を売るんですか？」

「私はジュースよ。今朝仕入れた果物を絞って樽に入れてきたから、後はコップに注ぐだけ。だから、一人でも簡単に回せるのよ」

お姉さんの屋台を見てみれば、樽やコップ、果物などが置かれていた。

置かれている果物は、フルーツジュースを美味しく見せるためにオブジェ的な役割なのだろう。

にしても、既に樽に入れたジュースをコップに注ぐだけとは便利だ。屋台での商売に慣れを感じる。

「そっちは何を売るの？　一応、割り振られたからには同じジュースとかじゃないと思うけど」

そう、市で割り振られるのには料理の種類の管理もある。通りにやたらとジュースばかり売ってるような屋台が並ばないように、売る料理の種類によって割り振られるのだ。

とはいっても、同じ種類を売る屋台が多ければどうしても重なってしまうが、基本的には重ならない。

多分、僕達の隣や前に同じようなパン料理は重ならないだろう。

「私達はハンバーガーを売るわ！」

「はんばーがー？　なにそれ？」

やっぱり、そうなりますよね。

疑問符を浮かべる女性にアイラが説明する。

「ああ、要はサンドイッチね」

「違うわ！　ハンバーガーよ！」

アイラ的に、そこはどうしても譲れないようだ。

まあ、ハンバーガーという名前が浸透してくれれば、うちの屋台の料理を求めてくれることになるからな。宣伝として悪くない。

「仕込みが終わったら声をかけてね。私がサンドイッチを買ってあげるから」

ムキになって訂正させるアイラをくすりと笑い、女性は自分の屋台の準備に戻る。

「トーリ、ハンバーガーの準備よ！　あの人にハンバーガーを認めさせてやるんだから！」

「いや、ハルトとダスティが材料を持ってきてくれないと無理だよ」

残りの野菜とパンはそれぞれ二人が持ってきてくれる約束だ。店を抜け出したタイミングで持ってくると言っていたのだが、一体いつなのだろうか。

「おお！　トーリ、ここにいたのか！　焼き立てのパンを持ってきてやったぜ！」

そんなことを思っていると、ちょうどダスティが大きな箱を持ってきてくれた。

「ちゃんと僕達の場所を見つけてくれたんだね」

「いや、すぐに見つけられなかったから市に行って聞いたんだ。ハンバーガーって言えば、ここだって教えてくれたぜ？」

「ははは、アイラの言葉が印象に残ったみたいだね」

アイラのお陰でスムーズに合流できて助かった。

ダスティから箱を受け取った僕は、早速それを開封して確かめる。

箱の中は仕切りで区切られており、ハンバーガーのパンがびっしりと詰まっていた。

「うわぁ、いい匂い。これ何個くらい入ってるの？」

「全部で百個くらいだな。ちょっと多いだろうけど少ないよりはいいだろ？」

調理の際に落としてしまう場合などもあるしな。少し数に余裕があると助かる。

「それとこれ、紙袋な！」

「え？」

「ハンバーガーの包みだよ。お前、ハンバーガー作ってそのまま生で渡すのか？」

「ああ、忘れてた！」

そうだった。ハンバーガーを作るのはいいが、それを入れる容器や皿のことがすっかりと抜け落ちていた。

「助かる――って、なんかダスティの店の名前が入ってる」

ダスティから受け取った紙袋を見ると、そこに洒落た文字で『ルバーリエ』という店の名前が書かれていた。

「ええっ、うちの店の宣伝になるからな。袋代は請求しないでおいてやるよ」

「ちゃっかりしてるわね」

まったく上手いやり方だ。これならどこのパン屋が作ってくれたかすぐにわかるな。

この世界で働いている子供達はたくましいことこの上ないな。

「ありがとう。活用させてもらうよ。そのうち気に入った人がダスティのパン屋に押し掛けるかもね」

「そうなった時は、うちにもハンバーガーを卸してくれよな！」

「卸せるように頑張るよ」

「じゃあ、俺はこのまま配達に行くからよ！」

ダスティはそう言うと違う箱を持って颯爽と南の方へ。どうやら配達をするようだ。

パン屋は朝の時間帯がもっとも忙しいからな。そんな時でも間を縫って、パンを届けにきてくれたダスティに感謝だ。

「さて、後はハルトがレタスとトマトを持ってきてくれれば問題ないんだけどな」

周囲からは串肉の焼ける香ばしい匂いや、火にかけられたスープらしきものからスパイスの匂いが漂ってきた。周りの屋台では続々と料理の準備が始まっているようだ。

今、準備らしい準備をしていないのは、隣でジュースを売るお姉さんと僕達だけだ。

「ハルトは野菜について話し出すと時間を忘れる癖があるから、もしかして忘れているかもしれないね」

彼が訪れる客に説明するのに夢中で忘れていたなんてことは十分にあり得る。

「ちょっと私様子見てくる！　トーリはここにいて」

「う、うん、わかった」

ついに我慢できなくなったのだろう。アイラが走り出してしまった。

「とりあえず、すぐに準備ができるように火をつけておこう」

◆

薪《まき》をくべて火をつけてフライパンを温めていると、ハルトとアイラが箱を持ちながら猛ダッシュしてやってきた。

「す、すまん！　トーリ、遅れた！」

自分の店からここまで走ってきたからだろう。ハルトは息を荒げていた。

「聞いてよ、トーリ！　やっぱり、客に野菜売るのに夢中で忘れていたのよ！」

「ああ、やっぱり？」

アイラの話を聞くと、やっぱり僕の想像していた通りのようだった。

ハルトの野菜話に感心した主婦達が次々と集まり、ハルトは店の前で熱く野菜について語っていたのだという。

「本当に悪かった！」

「別にいいよ。ちょっと遅れはしたけど、そのせいで作るのが間に合わないってことでもないし」

トマトをスライスするのも、レタスをむしるのもそう時間のかかることではない。

後はパテを焼いてあげて、その待ち時間にやってやればいいだけだからな。

「忙しいのに届けにきてくれてありがとう」

「お、おう、じゃあ後でな。ダスティとカルロを誘って昼に食べにくる」

ハルトは爽やかに笑いながら告げると、再び来た道を戻っていった。

「さあ、準備にかかろうか。僕はパテを焼いていくから、アイラは王様レタスとブーケレタスを剥いて仕分けしてくれる？」

「任せて！」

そう頼むと、アイラは腕まくりをして早速レタスを剥くのに取り掛かる。

「あら、ようやく料理開始？」

隣の屋台のお姉さんが微笑ましそうにしながら尋ねてくる。

「すぐにできるので大丈夫ですよ」

「見てなさいよ！　すぐに完成させて食べさせてあげるから！」

僕とアイラはそれに対して余裕の笑みで返事をするのであった。

はじめての売り上げ

Tensei shitara yadoya no musuko deshita

僕達が準備に取り掛かる頃。立ち並ぶ屋台街では、朝食を求めてうろつく街の人や旅人、冒険者なんかが姿を見せ始めた。

既に他の屋台の人は完成させた料理を見せながら、威勢のいい声を張り上げて客を呼び込んでいる。

隣で果物のジュースを売っているお姉さんも、ぼちぼちとやってくるお客さんを相手にジュースを売っていた。

そんな中だが、僕は焦ることなくじっくりと作業する。

炎で熱したフライパンの上に油を垂らす。その上にパテを四枚乗せると、漏れ出した肉汁と油の弾ける音がした。

火を強火にしながら、それぞれのパテの表面をしっかりと焼き上げる。

その頃にはパテから肉の焼けるいい匂いが漂い始め、通りを歩く人からチラホラと視線がやってくるようになった。

表面に火が通ったら火を弱めて、フライパンに蓋をしてじっくり蒸し焼きに。

待っている間に、レタスを仕分けしているアイラの隣に移動して、ハルトが届けてくれたトマトやチーズをスライスしていく。

そうやって人通りの食材が用意できた頃、パテであるハンバーグがしっかりと焼き上がった。

「はい、パン！」

フライパンを火からあげると、アイラが待っていたかのように台に四つのパンを置いてくれたので、僕はそこにハンバーグを乗せていく。

特製ソースを塗ると、アイラがスライスチーズとトマト、王様レタスとブーケレタスを手際よく乗せる。

そして、最後にブーケレタスの上にもう一度ソースを塗ると、アイラがパンで蓋をした。

「「できた！」」

僕とアイラが屋台で初めて作ったハンバーガーだ。

「この間、食べたのと変わらないよね？」

「うん、ちゃんとできてるはずだよ」

宿の厨房では何度も作った料理であるが、違う環境で作ったものとなると少し不安になるものだ。

「なぁ、そのサンドイッチみたいなのいくらだ？」

完成したハンバーガーの味見でもしようかと思っていると、屋台の前に一人の男性が現れた。

「サンドイッチじゃなくて、ハンバーガー！」

「はんばーがー？　名前なんてなんでもいい。いくらだ？」

「銅貨四枚です」

僕が値段を言うと、男性はあからさまに顔をしかめた。

「銅貨四枚？　肉と野菜をパンで挟んだだけだろう？　少し高くないか？」

男性の言う通り、屋台街で食べる普通のサンドイッチであれば、銅貨二枚から三枚くらいの範囲が相場だ。

「何よ！　うちの料理に――」

強気に言い返そうとするアイラを僕は手で静止させる。

「うちのハンバーガーは普通のサンドイッチとは違いますから。その値段に見合った味を提供できると思いますよ？」

僕らのハンバーガーはそれを遥かに超える手間や、選び抜かれた食材を使っている。

というか、ぶっちゃけこれぐらい払ってもらわないとまったく儲けにならないのだ。

「チッ、銅貨四枚ならいらねえよ」

一歩も引く気はないと視線を合わせると、男性は舌打ちをして歩き去ってしまった。

「なによ、食べてもないのに判断して……」

「まあ、食べてもらわないことには味の良さもわかってくれないだろうしね」

食べてもらわないことには銅貨四枚の価値があることを理解してもらえない。今までとは違った見慣れない料理であれば、なおさらだろうな。

「……すいません」

「「うわっ！」」

過ぎ去った男性の背中を見ながら話していると、忽然と目の前に第三者がいた。

違う方向を見ていたとはいえ、全然気づかなかった。

驚きながら視線を前にやると、そこには黒いフードを深く被っている男性が現れた。

肌は浅黒いが、それとは対照的に思えるような綺麗な銀髪。目元はスッと切れ長で翡翠色の瞳。手首や首には金色の装飾品が巻き付けられていた。

この独特な特徴を持つのは、ここより遥か西に位置する、砂漠の国の民だ。

彼らは日に焼けた肌と、派手な装飾をしている。

東に位置するルベラまでやってくる人は中々少ないので、こうして見かけるのは割と稀少だ。

僕達がまじまじと見つめる中、砂漠の民はその浅黒い肌をした指をハンバーガーに向け

て、

「……これ、なんです？」

少したどたどしい言葉であるが、声自体は若い青年のよう。

「ハンバーガーですよ」

「……いくら？」

「銅貨四枚です」

「……買います。ください」

僕が銅貨四枚と告げても、砂漠の民の男性は文句を言うことなく了承した。

そのことに驚きながら、僕は完成したばかりのハンバーガーをダスティに貰った紙袋で包む。

そして、差し出された銅貨四枚とハンバーガーを交換した。

さて、初めてハンバーガーを買ってもらえた客であるが、味の方も気に入ってもらえるだろうか。

砂漠の民は、包みを開けるとどこか戸惑ったような素振り。食べ方に自信がないのだろうか？

「そのまま食べたら大丈夫よ！」

アイラが手で動作をしながら言うと、砂漠の民はハンバーガーを口にした。

僕とアイラが反応を見守ると、砂漠の民は呑み込んでから固まった。

美味しいのか？　美味しくなかったのか？　フードで表情を隠しているので、まったくわからない。

僕とアイラが首を傾げると、固まっていた砂漠の民は急に速度を上げて食べ進めた。

ガツガツと豪快に口を開けてハンバーガーを食べていく。

そして、あっという間に食べ終わると、指を奇妙な形に組んで頭を下げた。

砂漠の民なりの感謝なのだろうか？　わからないが、僕とアイラはそれに応えるように一礼。

それが終わると砂漠の民は速足で去っていった。

僕の手の中には、屋台で初めて売り上げた銅貨が四枚。

我が店での初めての売り上げだ。

「初めて売れたわね」

「うん」

知り合いでもない客に初めて買ってもらえた。そのことが嬉しかった。

ハンバーガー完売

「どうやら料理ができたみたいね」

砂漠の民が去ると、隣の屋台のお姉さんが声をかけてきた。

「ええ、できたわ！　さぁ、うちのハンバーガーを買ってちょうだい！」

それを待ってましたとばかりにアイラがハンバーガーの包みを持って応じる。

「いいよ。いくらだい？」

「銅貨四枚よ」

「銅貨四枚⁉　サンドイッチにしては高くない？」

「うちはただのサンドイッチじゃないの。さぁ、約束通り銅貨四枚ちょうだい！」

「仕方ないね。これで美味しくなかったら文句つけるからね」

ちょっと悔しそうに銅貨を渡すお姉さんと、にんまりとした笑顔で受け取るアイラ。

女性達の攻防が少し怖い。

しかし、これは味の感想を聞くいい機会だ。初めて買ってくれた砂漠の民は、フードで表情がよく見えなかったからな。感謝してくれたことから美味しかったのだと思うけど、明確な反応を見たい。

宿の客である皆から絶賛されたハンバーガーであるが、お姉さんはどうであろうか？

「へえ、結構美味しそうね。それじゃあ、早速――」

僕とアイラが見つめる中、お姉さんは包みを解いてハンバーガーを口にした。

「えっ？」

目を見開き、思わず漏れ出たかのような言葉。

「どう？　味は？」

「す、すごく、美味しい！」

お姉さんの心底驚いての感想に、アイラは嬉しそうに笑った。

「どうよ、うちのハンバーガーは！」

「サンドイッチなんて言って悪かったわね。ハンバーガー、すごく美味しいよ。これほどの味なら銅貨四枚してもおかしくはないね」

どうやらうちのハンバーガーは、お姉さんが認めるに相応しい味だったようだ。

サンドイッチではなく、きちんとハンバーガーと名前を口にしてくれた。

この変化にはアイラも大喜びで、僕も嬉しかった。

やった。僕達のハンバーガーは屋台でも通用するようだ。

「おっ、いたぜ！　トーリだ！」

アイラと共に喜んでいると、ラルフがこちらを目指してやってきた。

その後ろにはいつものようにシークとヘルミナもいるが、見慣れない男女もいる。

「トーリ！　ハンバーガーを食べにきたわよ！」

「ありがとう、ヘルミナ。後ろの人達は友達？」

「ええ、私達と同じ冒険者仲間。トーリのハンバーガーを食べさせたくて連れてきたの」

そう言って、ヘルミナが後ろにいる冒険者仲間を指さす。

狼の獣人男性、女性エルフ、人間の男性というメンバー。どうやら冒険者仲間をわざわざ連れてきてくれたようだ。

宿屋でだって朝食を食べられるだろうに嬉しいことだ。前世と違ってインターネットなどというものは普及していないこの世界では、口コミこそが最大の宣伝ツールだからな。

本当にありがたい。

「朝早くから連れてきやがって本当に美味いんだろうな？」

獣人が腕を組みながらどこかかったるそうに言う。

まあ、これだけ朝早くに連れて来られればそう思ってしまうのも無理はないだろう。

「大丈夫だって、俺が保証してやるからさ！」

「えー、ラルフに保証されてもね？」

「ラルフって、肉があれば何でも美味い美味い言うもんな」

「そんなことねえよ！」

すまん、ラルフ。僕の中でのラルフのイメージもそんな感じだ。

だけど、ここで言えば不利になるだけなので余計なことは言わないようにした。

「はいはい、私が保証するから食べてみて！　今日は奢るから！」

「……ヘルミナが、そこまで言うなら食ってやるよ」

ヘルミナがどこか上目遣いで言うと、獣人の男性は仏頂面《ぶっちょうづら》ながらも頷いた。

ヘルミナはちゃらんぽらんのラルフやシークよりも、しっかりしているし信頼もあるのだろう。

「じゃ、そういうことでトーリ、私達の分も合わせてハンバーガー六人分！」

「わかった！　でも、一気にたくさん作れないから二人分だけ待ってもらえる？」

屋台のお姉さんにハンバーガーを渡してから、パテを仕込んで焼いていたが、一気に四つしか焼くことができない。

さっき作った余りが二つあるが、どうせなら出来立てを食べてもらいたいので僕とアイラの昼食に回すことにした。

「じゃあ、ラルフとシークの分を後にしといて」

「わかった」

「「おい⁉」」

ラルフとシークが綺麗に声を揃えて突っ込んでくるが、僕はそれを無視して準備。

蒸し焼きされたパテにしっかりと火が通っていることを確認すると、アイラが準備してくれたパンの上に次々と乗せていく。

そこからは同じようにアイラが見事にトッピングしていき、最後に僕がソースをかけてパンで挟む。それらを持ちやすいように包んでやると完成だ。

「はい、ハンバーガー四つで銅貨十六枚です」

「ええ、ちょっと高い⁉　で、でも、これだけ美味しければそうよね……」

僕が値段を告げると、想像よりも高かったからかヘルミナは驚いた。

そして、ちょっと苦しそうにしながら財布から銀貨と銅貨を取り出す。

初日から新規のお客さんを連れてきてくれたのに、これではちょっと冷たいかな。

「でも、今回は新しいお客さんを三人連れてきてくれたから、銅貨三枚分引いて、十三枚にしとくよ」

「今度十人友達を連れてくるから八枚にならない？」

ヘルミナはハッと表情を変えてさらなる値引きを持ちかけてきた。

「おいおい、奢るとか言いながら値引きを持ちかけるのかよ」

「今は節約しないとダメなの。そんな恥とか外聞に構ってる場合じゃないわ！」

思わず獣人が呆れるが、ヘルミナは気にしない。

さすがは冒険者パーティーの財政を担っているだけあってか、必死というか交渉が巧みだな。

新規の顧客を十人も連れてくるというのは、後々のことを考えるとかなりデカい。ましてや、こちらはまだオープンして初日目。

パン料理でありながら、銅貨四枚という少し気の強い価格設定。今はとにかく味を知ってもらって値段に相応しい美味しさだと認識してもらわないといけない。

ラルフであれば、本当に連れてこられるか怪しいところであるが、誰からも人気のあるヘルミナならば十分あり得るな。

「いいよ、宿屋のお客を使うのは無しだけどね」

「ちぇー、トーリってばしっかりしてるわね。交渉成立よ」

ヘルミナから銅貨を八枚受け取り、アイラが包んだハンバーガーを渡す。

これでは儲けがあまりないが、先行投資として捉えるといいだろう。

僕がラルフとシークの分のパテの準備に入る中、ヘルミナがハンバーガーを冒険者仲間に渡した。

「さあ、食べてみて！」

「おう」

ヘルミナが勧めると意外にも獣人の男性が一番に食べてくれた。

鋭い牙を剥き出しにしながら豪快に一口。

エルフと人間の男性がまじまじと見守る中、獣人が吠えた。

「う、うめぇ！」

「ね？　ほら、言ったでしょ？」

「ああ、なんだこの肉。めちゃくちゃジューシーじゃねえか！」

驚きながらもガツガツとハンバーガーを食べ進める獣人。

先程までの仏頂面が嘘のように吹き飛んでおり、夢中で食べている。

「お、本当だ。美味いな！」

「レタスのシャキシャキ感がすごい。野菜が上手く扱えてる」

続いて男性とエルフの言葉。

特にエルフさんはハルトが選定してくれた王様レタスとブーケレタスのコンボを気に入ってくれたようだ。

「うがぁ、美味そうだ。トーリ、俺達の分も早く作ってくれー」

「朝から何も食べてねえから腹が減ってるんだ」

満足げにそれを眺めていると、目の前でラルフとシークがゾンビのように呻く。

目の前で美味しそうに食べる中、お預けを食らうのは辛いのだろうな。

「もうちょっと待っててね。今、焼いている途中だから」

「あら、初日にしては人気なのね。売れなくて寂しそうにしているトーリを私が慰めてあげようと思ったのに」

「いやいや、あのような美味な料理が食べられるのだ。本来なら行列ができていなければおかしいくらいだよ」

「……っ！」

ラルフとシークを宥《なだ》めながら必死になってパテを焼いていると、今度はナタリアやミハエル、ウルガスがやってきてくれた。

どうやら三人も約束した通り、ハンバーガーを食べにきてくれたらしい。

さらに三人分のハンバーガーの注文が加わり、ヘルミナが連れてきてくれた冒険者達もお代わり。さらには宿屋に泊まってくれているドワーフやエルフなんかも来てくれてあっという間に大所帯に。

見目麗《みめうるわ》しいナタリアやミハエル、大柄なウルガスといった存在感のある面子が視線を集め、さらに並んだ先にある屋台に興味を持った人が一人、二人とやってきて並んでくれる。

僕はパテを焼く作業に忙殺されることになる。嬉しい悲鳴というわけだ。

まさかこんなにもお客がやってくるとは思わなかった。

「ハンバーガーに合うジュースはどう？　スッキリとした酸味のあるジュースはハンバー

ガーとの相性もいいよ！」

さらには隣で屋台をやっているお姉さんも、うちに便乗してジュースを売りつけ始めた。

ハンバーガーを手に入れたラルフとシーク、ヘルミナは見事に作戦にハマって購入。

屋台のお姉さんが茶目っ気のある笑顔を浮かべる。まったく、商売上手な人だよ。

「アイラ、盛り付けお願い」

「うん！」

パテを焼き上げると、即座にパンの上に乗せて後はアイラに任せる。

そして、完成させたものから順にアイラがお金と交換。

その間に僕は一秒を惜しむように、次のパテを再びフライパンに投入。アイラはハンバーガーを渡し終わると、待っている次の客に世間話を振って時間を繋いでくれる。

本当にアイラに手伝いを頼んでよかった。僕一人だったら絶対に回らなくってパンクしていた。料理をしながら受け渡し、精算、接客などをこなすのはかなり難しい。

手伝いを申し出てくれたアイラには感謝だ。

「トーリ、ハンバーガー五人分追加よ！」

「わ、わかった！」

今日は売ることよりも知ってもらうことに専念しようと思っていた僕達だが、宿のお客さんの力もあってか、お昼を迎える前にハンバーガー五十食は完売したのであった。

ほどよく働くのが一番

Tensei shitara yadoya no musuko deshita

ハンバーガーを売り切ってしまった僕達は、その日の晩に打ち上げ会として、ダスティ、カルロ、ハルト、アイラで食堂に集まっていた。

今日も夜の食堂は賑わっているが、打ち上げ会のお陰か僕は仕事を免除。従業員として働くことなく堂々と席に座っている。

「はい、フルーツジュース五つ」

すると、ウエイトレスであるレティがフルーツジュースを運んできてくれる。

こういう打ち上げでは酒を呑みたいものであるが、生憎と僕らは未成年。前世のように厳しく取り決められているわけではないが、控えなければならない。

「はい、お兄ちゃんの分」

「うん、ありがとう」

「あーあ、お兄ちゃん達だけ楽しそうでいいな。私も屋台やってみたかった」

杯を持ってきたレティが羨ましそうな声を漏らす。

男だけでなくアイラも参加したことにより、レティは疎外感を覚えてしまったのだろう。

さすがにアイラにも似たようなことを言われたので、レティがどういう言葉を欲しいか、何をしたいかもわかる。

「……じゃあ、今度はレティも手伝ってみる？」

「やるやる！　今度私にハンバーガーの作り方教えてね！」

僕が頼むと、レティは嬉しそうに笑って他の客の注文を取りに行った。

これから屋台をやる時に、毎回アイラに付き合ってもらえるわけじゃないだろうからな。いずれにせよ、ある程度軌道に乗ったらレティにも頼む予定だったし問題ない。

「まあ、とりあえず飲み物は揃ったし先に乾杯だけするか！」

「トーリ、お願いね！」

「ええ、僕？」

「トーリが発案した料理なのだから仕切るのは当然だ」

ハルトが眼鏡を指で持ち上げながら言うと、カルロも同意とばかりに頷く。

まあ、僕が言い出しっぺだしそうか。

「それじゃあ、ハンバーガー屋台出店と完売を祝して乾杯」

「「乾杯！」」

僕の音頭を合図に全員でフルーツジュースの杯をぶつけ合う。

まずは乾杯の一杯とばかりにごくごくと喉を鳴らして飲む。

「ぷはぁ、まさか昼前に売り切れるとはな！」

ダスティがややオヤジ臭い動作で杯を叩きつけた。

「様子を見に行こうと思ったら、長蛇の列な上に完売だもんね」

「皆、俺の野菜の美味さに感動したのだろう」

皆ではないが野菜を好むエルフには好評だった。中にはパテを抜いて、レタスの増量を頼む猛者《もさ》もいた程だ。

「んなわけねえだろ、俺のパンだろ」

「ハンバーガーの要は肉。だから、俺のお陰」

ハルトがそう言い出したからだろう。ダスティやカルロが張り合うように言い合う。

この話は何度も繰り返されてきているが、全てが平行線だ。

皆、それぞれの食材に自信と誇りを持っているからな。だからこそ、あのような美味しいハンバーガーができたのだろうと思う。

「はいはい、その話は聞き飽きたわよ。何度も言うけど、最初に発案してくれたトーリのお陰よ」

「それもそうだな。一番の功労者はトーリに譲ってやるぜ。んで、俺が二番な」

「違う！　王様レタスとブーケレタスの相性を発案した俺が二番だ！」

「パテの黄金比を作り出した俺だよ」

一番という席がなくなれば、次は二番という席で争い合う。

仲裁してすぐの口論に思わずアイラも呆れ気味だ。

「どうして、一番や二番に拘るのかしら？　皆のお陰でいいじゃない」

「男の子は見栄を張りたい生き物だから」

年頃の男の子として譲れないものがあるんだよ。

女心のわかるアイラであるが、さすがに男心まではわからないようだ。

とはいえ、こうしてハンバーガーがたくさん売れてくれてよかった。

これなら継続的に屋台を出してお金を稼ぐこともできる。お金はダスティやカルロ、ハルト、アイラにも分配することになるが、数時間で銀貨十枚くらいを売り上げることができたのだ。

これならコツコツ営業すれば、高くて手が届かなかった氷の魔道具を買うこともできるかもしれないな。

今のうちに頑張って、暑い夏には氷の魔道具で涼しくいきたいものだ。

「まあ、いいわ。ダスティ達なんて放っておいて料理を頼みましょう」

「そうだね。売り上げた金がたくさんあるし」

「あっ、でも結局はトーリの家にお金が入るじゃない！　次は打ち上げで食べるならうちの宿屋にしてよね！」

「はいはい、わかったよ」

まずは自分達へのご褒美として、ここにいる友達とハンバーガーの完成と完売を祝って楽しもうじゃないか。

人生はほどよく働いて、楽しむのが一番いいのだから。

錬金王（れんきんおう）
『転生して田舎でスローライフをおくりたい』（宝島社）でデビュー。同シリーズは累計で20万部突破。本作は前作とは一味違った、街での生活模様を楽しんでもらえたらと思います。こんな街でユニークな人に囲まれてのんびり暮らしたい。

イラスト **阿倍野ちゃこ**（あべの ちゃこ）

本書は、「小説家になろう」（https://syosetu.com/）に掲載されていたものを、改稿のうえ書籍化したものです。この物語はフィクションです。もし、同一の名称があった場合も、実在する人物、団体等とは一切関係ありません。

転生したら宿屋の息子でした 田舎街でのんびりスローライフをおくろう

（てんせいしたらやどやのむすこでした　いなかまちでのんびりすろーらいふをおくろう）

2019年9月27日　第1刷発行

著者　錬金王

発行人　蓮見清一
発行所　株式会社 宝島社
〒102-8388　東京都千代田区一番町25番地
電話：営業03(3234)4621 ／編集03(3239)0599
https://tkj.jp

印刷・製本　中央精版印刷株式会社

ISBN978-4-8002-9758-7